聚會

丁麗英詩選

丁麗英 著

朝向漢語的邊陲

楊小濱

　　中國當代詩的發展可以看作是朝向漢語每一處邊界的勇猛推進，而它的起源也可以追溯出頗為複雜的線索。1960年代中後期張鶴慈（北京，1943-）和陳建華（上海，1948-）等人的詩作已經在相當程度上改變了主流詩歌的修辭樣式。如果說張鶴慈還帶有浪漫主義的餘韻，陳建華的詩受到波德萊爾的啟發，可以說是當代詩中最早出現的現代主義作品，但這些作品的閱讀範圍當時只在極小的朋友圈子內，直到1990年代才廣為流傳。1970年代初的北京，出現了更具衝擊力的當代詩寫作：根子（1951-）以極端的現代主義姿態面對一個幻滅而絕望的世界，而多多（1951-）詩中對時代的觀察和體驗也遠遠超越了同時代詩人的視野，成為中國當代詩史上的靈魂人物。

　　對我來說，當代詩的概念，大致可以理解為對以北島（1949-）和舒婷（1952-）等人為代表的朦朧詩的銜接，其轉化與蛻變的意味值得關注。朦朧詩的出現，從某種意義上可以看作官方以招安的形式收編民間詩人的一次努力。根子、多多和芒克（1951-）的寫作自始未被認可為朦朧詩的經典，既然連出現在《詩刊》的可能都沒有，也就甚至未曾享受遭到批判的待遇，直到1980年代中後期才漸漸浮出地表。我們應該可以說，多多等人的文化詩學意義，是屬於後朦朧時代的。才華出

眾的朦朧詩人顧城在1989年六四事件後寫出了偏離朦朧詩美學的《鬼進城》等傑作，不久卻以殺妻自盡的方式寫下了慘痛的人生詩篇。除了揮霍詩才的芒克之外，嚴力（1954-）自始至終就顯示出與朦朧詩主潮相異的機智旨趣和宇宙視野；而同為朦朧詩人的楊煉（1955-），在1980年代中期即創作了《諾日朗》這樣的經典作品，以各種組詩、長詩重新跨入傳統文化，由於從朦朧詩中率先奮勇突圍，日漸成為朦朧詩群體中成就最為卓著的詩人。同樣成功突圍的是游移在朦朧詩邊緣的王小妮（1955-），她從1980年代後期開始以尖銳直白的詩句來書寫個人對世界的奇妙感知，成為當代女性詩人中最突出的代表。如果說在1970年代末到1980年代初，朦朧詩仍然帶有強烈的烏托邦理念與相當程度的宏大抒情風格，從1980年代中後期開始，朦朧詩人們的寫作發生了巨大的轉化。

這個轉化當然也體現在後朦朧詩人身上。翟永明（1955-）被公認為後朦朧時代湧現的最優秀的女詩人，早期作品受到自白派影響，挖掘女性意識中的黑暗真實，爾後也融入了古典傳統等多方面的因素，形成了開闊、成熟的寫作風格。在1980年代中，翟永明與鐘鳴（1953-）、柏樺（1956-）、歐陽江河（1956-）、張棗（1962-2010）被稱為「四川五君」，個個都是後朦朧時代的寫作高手。柏樺早期的詩既帶有近乎神經質的青春敏感，又不乏古典的鮮明意象，極大地開闊了漢語詩的表現力。在拓展古典詩學趣味上，張棗最初是柏樺的同行者，爾後日漸走向更極端的探索，為漢語實踐了非凡的可能性。在「四川五君」中，鐘鳴深具哲人的氣度，用史詩和寓言有力地

書寫了當代歷史與現實。歐陽江河的寫作從一開始就將感性與理性出色地結合在一起，將現實歷史的關懷與悖論式的超驗視野結合在一起，抵達了恢宏與思辨的驚險高度。

　　後朦朧詩時代起源於1980年代中期，一群自我命名為「第三代」的詩人在四川崛起，標誌著中國當代詩進入了一個新階段，1980年代最有影響的詩歌流派，產自四川的佔了絕大多數。除了「四川五君」以外，四川還為1980年代中國詩壇貢獻了「非非」、「莽漢」、「整體主義」等詩歌群體（流派和詩刊）。如周倫佑（1952-）、楊黎（1962-）、何小竹（1963-）、吉木狼格（1963-）等在非非主義的「反文化」旗幟下各自發展了極具個性的詩風，將詩歌寫作推向更為廣闊的文化批判領域。其中楊黎日後又倡導觀念大於文字的「廢話詩」，成為當代中國先鋒詩壇的異數。而周倫佑從1980年代的解構式寫作到1990年代後的批判性紅色寫作，始終是先鋒詩歌的領頭羊，也幾乎是中國詩壇裡後現代主義的唯一倡導者。莽漢的萬夏（1962-）、胡冬（1962-）、李亞偉（1963-）、馬松（1963-）等無一不是天賦卓絕的詩歌天才，從寫作語言的意義上給當代中國詩壇提供了至為燦爛的景觀。其中萬夏與馬松醉心於詩意的生活，作品惜墨如金但以一當百；李亞偉則曾被譽為當代李白，文字瀟灑如行雲流水，在古往今來的遐想中妙筆生花，充滿了後現代的喜劇精神；胡冬1980年代末旅居國外後詩風更為逼仄險峻，為漢語詩的表達開拓出難以企及的遙遠疆域。以石光華（1958-）為首的整體主義還貢獻了才華橫溢的宋煒（1964-）及其胞兄宋渠（1963-），將古風與現代主義風尚

奇妙地糅合在一起。

　　毫不誇張地說，川籍（包括重慶）詩人在1980年代以來的中國詩壇佔據了半壁江山。在流派之外，優秀而獨立的詩人也從來沒有停止過開拓性的寫作。1980年代中後期，廖亦武（1958-）那些囈語加咆哮的長詩是美國垮掉派在中國的政治化變種，意在書寫國族歷史的寓言。蕭開愚（1960-）從1980年代中期起就開始創立自己沉鬱而又突兀的特異風格，以罕見的奇詭與艱澀來切入社會現實，始終走在中國當代詩的最前列。顯然，蕭開愚入選為2007年《南都週刊》評選的「新詩90年十大詩人」中唯一健在的後朦朧詩人，並不是偶然的。孫文波（1956-）則是1980年代開始寫作而在1990年代成果斐然的詩人，也是1990年代中期開始普遍的敘事化潮流中最為突出的詩人之一，將社會關懷融入到一種高度個人化的觀察與書寫中。還有1990年代的唐丹鴻（1965-），代表了女性詩人內心奇異的機器、武器及疼痛的肉體；而啞石（1966-）是1990年代末以來崛起的四川詩人，以重新組合的傳統修辭給當代漢語詩帶來了跌宕起伏的特有聲音。

　　1980年代的上海，出現了集結在詩刊《海上》、《大陸》下發表作品的「海上詩群」，包括以孟浪（1961-）、郁郁（1961-）、劉漫流（1962-）、默默（1964-）、京不特（1965-）等為主要骨幹的以倡導美學顛覆性及介入性寫作風格的群體，和以陳東東（1961-）、王寅（1962-）、陸憶敏（1962-）等為代表的較具學院派知性及純詩風格的群體，從不同的方向為當代漢語詩提供了精萃的文本。幾乎同時創立的

「撒嬌派」，主要成員有京不特、默默、孟浪等，致力於透過反諷和遊戲來消解主流話語的語言實驗，也頗具影響。無論從政治還是美學的意義上來看，孟浪的詩始終衝鋒在詩歌先鋒的最前沿，他發明了一種荒誕主義的戰鬥語調，有力地揭示了歷史喜劇的激情與狂想，在政治美學的方向上具有典範性意義。而陳東東的詩在1980年代深受超現實主義影響，到了1990年代之後則更開闊地納入了對歷史與社會的寓言式觀察，將耽美的幻想與險峻的現實嵌合在一起，鋪陳出一種新的夢境詩學。1980年代的上海還貢獻了以宋琳（1959-）等人為代表的城市詩，而宋琳在1990年代出國後更深入了內心的奇妙圖景，也始終保持著超拔的精神向度。1990年代後上海崛起的詩人中最引人注目的是復旦大學畢業後定居上海的韓博（黑龍江，1971-），他近年來的詩歌寫作奇妙地嫁接了古漢語的突兀與（後）現代漢語的自由，對漢語的表現力作了令人震驚的開拓。還有行事低調但詩藝精到的女詩人丁麗英（1966-），在枯澀與奇崛之間書寫了幻覺般的日常生活。

與上海鄰近的江南（特別是蘇杭）地區也出產了諸多才子型的詩人，如1980年代就開始活躍的蘇州詩人車前子（1963-）和1990年代之後形成獨特聲音的杭州詩人潘維（1964-）。車前子從早期的清麗風格轉化為最無畏和超前的語言實驗，而潘維則以現代主義的語言方式奇妙地改換了江南式婉約，其獨特的風格在以豪放為主要特質的中國當代詩壇幾乎是獨放異彩。而以明朗清新見長的蔡天新（1963-）雖身居杭州但足跡遍布五洲四海，詩意也帶有明顯的地中海風格。影響甚廣的于堅

（1954-）、韓東（1961-）和呂德安（1960-）曾都屬於1980年代以南京為中心的他們文學社，以各自的方式有力地推動了口語化與（反）抒情性的發展。

朦朧詩的最初源頭，中國最早的文學民刊《今天》雜誌，1970年代末在北京創刊，1980年代初被禁。「今天派」的主將們，幾乎都是土生土長的北京詩人。而1980年代中期以降，出自北京大學的詩人佔據了北京詩壇的主要地位。其中，1989年臥軌自盡的海子（1964-1989）可能是最為人所知的，海子的短詩尖銳、過敏，與其宏大抒情的長詩形成了鮮明對比。海子的北大同學和密友西川（1963-）則在1990年後日漸擺脫了早期的優美歌唱，躍入一種大規模反抒情的演說風格，帶來了某種大氣象。臧棣（1964-）從1990年代開始一直到新世紀不僅是北大詩歌的靈魂人物，也是中國當代詩極具創造力的頂尖詩人，推動了中國當代詩在第三代詩之後產生質的飛躍。臧棣的詩為漢語貢獻了至為精妙的陳述語式，以貌似知性的聲音扎進了感性的肺腑。出自北大的重要詩人還包括清平（1964-）、西渡（1967-）、周瓚（1968-）、姜濤（1970-）、席亞兵（1971-）、冷霜（1973-）、胡續冬（1974-）、陳均（1974-）、王敖（1976-）等。其中姜濤的詩示範了表面的「學院派」風格能夠抵達的反諷的精微，而胡續冬的詩則富於更顯見的誇張、調笑或情色意味，二人都將1990年代以來的敘事因素推向了另一個高度。胡續冬來自重慶（自然染上了川籍的特色），時有將喜劇化的方言土語（以及時興的網路語言或亞文化語言）混入詩歌語彙。也是來自重慶的詩人蔣浩

（1971-）在詩中召喚出語言的化境，將現實經驗與超現實圖景溶於一爐，標誌著當代詩所攀援的新的巔峰。同樣現居北京，來自內蒙古的秦曉宇（1974-），也是本世紀以來湧現的優秀詩人，詩作具有一種鑽石般精妙與凝練的罕見品質。原籍天津的馬驊（1972-2004）和原籍四川的馬雁（1979-2010），兩位幾乎在同齡時英年早逝的天才，恰好曾是北大在線新青年論壇的同事和好友。馬驊的晚期詩作抵達了世俗生活的純淨悠遠，在可知與不可知之間獲得了逍遙；而馬雁始終捕捉著個體對於世界的敏銳感知，並把這種感知轉化為表面上疏淡的述說。

　　當今活躍的「60後」和「70後」詩人還包括現居北京的莫非（1960-）、殷龍龍（1962-）、樹才（1965-）、藍藍（1967-）、侯馬（1967-）、周瑟瑟（1968-）、朱朱（1969）、安琪（1969-）、王艾（1971-）、成嬰（1971-）、呂約（1972-）、朵漁（1973-），河南的森子（1962-）、魔頭貝貝（1973-），黑龍江的潘洗塵（1964-）、桑克（1967-），山東的宇向（1970-）孫磊（1971-）夫婦和軒轅軾軻（1971-），安徽的余怒（1966-）和陳先發（1967-），江蘇的黃梵（1963-）、楊鍵（1967），浙江的池凌雲（1966-）、泉子（1973-），廣東的黃禮孩（1971-），海南的李少君（1967-），現居美國的明迪（1963-）等。森子的詩以極為寬闊的想像跨度來觀察和創造與眾不同的現實圖景，而桑克則將世界的每一個瞬間化為自我的冷峻冥想。同為抒情詩人，女詩人藍藍通過愛與疼痛之間的撕扯來體驗精神超越，王艾則一次又一次排練了戲劇的幻景，並奔波於表演與旁觀之間，而樹才

的詩從法國詩歌傳統中找到一種抒情化的抽象意味。較為獨特的是軒轅軾軻，常常通過排比的氣勢與錯位的慣性展開一種喜劇化、狂歡化的解構式語言。而這個名單似乎還可以無限延長下去。

1989年的歷史事件曾給中國詩壇帶來相當程度的衝擊。在此後的一段時期內，一大批詩人（主要是四川詩人，也有上海等地的詩人）由於政治原因而入獄或遭到各種方式的囚禁，還有一大批詩人流亡或旅居國外。1990年代的詩歌不再以青春的反叛激情為表徵，抒情性中大量融入了敘述感，邁入了更加成熟的「中年寫作」。從1980年代湧現的蕭開愚、歐陽江河、陳東東、孫文波、西川等到1990年代崛起的臧棣、森子、桑克等可以視為這一時期的代表。1990年代以來，儘管也有某些「流派」問世，但「第三代詩」時期熱衷於拉幫結夥的激情已經消退。更多的詩人致力於個體的獨立寫作，儘管無法命名或標籤，卻成就斐然。1990年代末的「知識分子寫作」與「民間寫作」的論戰雖然聲勢浩大，卻因為糾纏於眾多虛假命題而未能激發出應有的文化衝擊力。2000年以來，儘管詩人們有不同的寫作趨向，但森嚴的陣營壁壘漸漸消失。即使是「知識分子寫作」的代表詩人，其實也在很大程度上以「民間寫作」所崇尚的日常口語作為詩意言說的起點。從今天來看，1960年代出生的「60後」詩人人數最為眾多，儼然佔據了當今中國詩壇的中堅地位，而1970年代出生的「70後」詩人，如上文提到的韓博、蔣浩等，在對於漢語可能性的拓展上，也為當代詩作出了不凡的探索和貢獻。近年來，越來越多的「80後詩人」在前人

開闢的道路盡頭或途徑之外另闢蹊徑，也日漸成長為當代詩壇的重要力量。

中國當代詩人的寫作將漢語不斷推向極端和極致，以各異的嗓音發出了有關現實世界與經驗主體的精彩言說，讓我們聽到了千姿萬態、錯落有致的精神獨唱。作為叢書，《中國當代詩典》力圖呈現最精萃的中國當代詩人及其作品。第二輯在第一輯的基礎上收入了15位當代具有相當影響及在詩藝上有所開拓的詩人。由於1960年代出生的詩人在中國當代詩壇佔據的絕對多數，第二輯把較多的篇幅留給了這個世代。在選擇標準上，有多方面的具體考慮：首先是盡量收入尚未在台灣出過詩集的詩人。當然，在這15位詩人中，也有少數出過詩集，但仍有令人興奮的新作可以期待產生相當影響的。即便如此，第二輯仍割捨了多位本來應當入選的傑出詩人，留待日後推出。願《中國當代詩典》中傳來的特異聲音為台灣當代詩壇帶來新的快感或痛感。

1992年～1995年

1996年

1999年

2000年

2001年－2006年

2010年－2013年

1989年前

城市記事

午夜，火車穿越你

多毛的胸脯

虛弱的車站卻空曠而寂寞

喘著氣，低咳

向迅逝的車窗把目光發射

把睡夢擊碎

在半醒的時刻表裡

填注平庸的生活

市民繞理髮店的三色柱

原地轉，歎苦經

喝高筒子樓，大廈的標高燈

在黑暗中點煙頭

然後轉身，踢腿

忽又驕傲起來

彷彿處女的體香

開始升騰，混入這個早晨

夕陽下，南京長江大橋橫亙於飲料杯

折光成兩截，彷彿不衷的笑容

敦促她們墮落

敦促她們沉到菠蘿塊底下
變硬，難以上浮
變為淺薄的城市雕塑
為旅遊者指路

等興趣闌珊時，人影
重又晃動，淚影婆娑
華燈，終於從你的鏡片上
劃燃

去尋找揚州的瑪格麗塔

帶我去吧

歲月的甜食在黴雨過後

生出讓人絕望的孢子後代

就在你走了以後

不管打開哪扇櫥門

都不見那美麗的夢幻般的

瑪格麗塔

沒有愛情

沒有古色古香的紅木傢俱

一隻她用過的手爐

為表達而刺繡的白色小鞋

帶我去

迷宮的狹長走廊

白天陽光裡飄著謹慎行走的人們

夜裡的夢豔俗而寬敞

啊，瑪格麗塔

無法到達的瑪格麗塔

可能有的激情

裝飾帛扇上不可能的風景

怎樣的普遍身世，怎樣陳舊的光

從門縫照進來。她
身著珍貴的絲袍
髮髻糕點一樣

帶我去吧，命運的百寶箱
如今早已沉入江底
可憐的從了良的瑪格麗塔
讓我去找你

無從說起

無從說起

嚴冬，你這富農般的寬舌

狡猾地延展

吞吐白煙

整個假期我都在掙錢

為了生存，為了那顆

在嫋嫋上升的家宴裡

總也搆不著的蔬菜

荒蕪的日子

雪地上長出驚恐的黑影

泥土被煩悶地夯實

鳥雀四濺

我守護吵鬧的寧靜

或者出賣

在寒風休止的瞬間

用我農婦的緘默和忍耐

無從說起

黑夜，噩夢在煙缸裡沉澱

黎明卻輕易飄走了

虛假的語言擁有一把座椅

架空的姿態

微笑著勾結

為的是更好地傷害

我試圖忘卻

試圖從低矮的位置上升

迎向你尖銳的白晝

並與之妥協

無從說起的是我

洞悉狩獵人的羞懟

欺騙，眼看活物跌入，順從

形成可貴的陷阱旁站立經驗

薩克斯風手

我就站在你的身邊
好像四起的爐火中
一條逃不脫的金魚
漸漸乾癟
在你的催逼下
把生命全部交付

好像新生的音符
馬上溶入了虛空
生與死
或者靜止不動
沒有哪個人的位置
真正屬於我

那麼，求你把我從舞臺的帷幕上
鬆下綁
我寧願被吸進這安全的樂器
在球形的管道中跳動
如同真實的脈搏
觸探到最本質的溫柔

求你

容我進入

**星
裂**

我們的後代全部埋入這碎片
0和1
在不朽的大腦中
打印今夜的劫數

我把古老的電燈泡切剖
發現隱藏的你，無數的你
正在世紀外
含辛茹苦地產卵

細粒狀地搖頭擺尾
歡呼，拔體毛
採集商場裡的睿智水果
逃過看門人

逃過吸鴉片煙的禿頭祖父
那西西里島的災難
那無辜的產業
我看見

所有的希望都被熄滅，被粉碎

從血管裡流走

把歷史交還歷史

把我們的記憶仔細地打磨

當黑暗的走廊突然晃過

滿門抄斬的家人

他們的悲痛涉過忘川

給你發來SOS信號

而現實的泥沼中

你學會脫身

拔出錐形的屁股，並不停地觀看或把玩

恐懼的臉悄然溶化

它們血跡未乾

淡季

你突然飛臨我的巢穴
完全沒有準備
你的聲音也已改變
好像簌簌掉落的秋葉
充滿了悲哀

你所棲息的圓鏡中
閃出紛飛的手勢
和陌生俚語
照亮了我寂寞的身影
和無奈

呵，多麼相似的孤獨
那鳥獸一樣的精美蹄聲
每到冬季我總是想起它們
仿製它們
和許多風乾的回憶掛在一起
並贈送

多麼相似的憐憫
我知道沒有人會是那個好朋友了

帶著火爐一樣的好心情
敲我的門

我知道那個好朋友其實
就是久別的自己
你就是我
還有我眾多的影子
從身體一側游離出來
用潮濕的左手
握緊含苦的右手

金屬脆性

丈量，把關
女性微舉工具
析晶而出

她們沉重
默默無語
跨過自己現實的肉體
到處開放
細微的水銀的感覺

海浪般的波動
使她們渴望液化
從高尚的地方
流下
並拒絕難度

敲響自己
疼痛自己
盛在異性的容器裡
永遠
只在反省中燃燒

滴水狀的供詞

絲毫阻止不了她們

嚮往的墮落舉動

為了溫暖

為了愛

索取最後的體積

使它們越來越妙

不可捉摸

去向

廣州
生產水果糖的地方
黃色的橢圓形
它就是這樣子

很多人跑過去
欲望追趕他們
還有酸甜的顏色
他們就舉著它奔走

朝它喊叫
火車在他們皮膚上
嚓嚓響
鐵軌被牙床咀嚼

人們的影子
聚集起來
像一串打結的鐵錨
揉壞了異鄉客的眼睛

細節

一

驚人的消息

飛入我的瓶子

對於我

卻差強人意

被它拖來拖去

自從去年夏天

那輛斗篷馬車

從內心駛過

我的不經意

再也無法提起

那些輪子

閃爍著

快樂著

奔向歸宿地

二

我看見桌上一隻蘋果生了鏽

我看見門邊一雙拖鞋正要走

夢中的你

我看見傷疤

正一小片一小片地

剝落，追上我

讓我疼痛

鏤空的月

砍在鏤空的街上

虛設的房屋和骨架

無法移動

是怎樣的命運催促你

籠絡我

用這把無用的刀

很多的瓶子

很多的騙局

就這樣排列著

互相熄滅

有關休息的想法

我矯正誰
兩條邁向前的結巴大腿
固執
不肯倒退

想法如同毒藥
和另外幾種混在一起

我希翼鳥群
飛抵我的睡衣
聆聽它們歡叫

藍色的長喙緊貼
我的大腦
如同天堂的柵欄

捂熱
吞下

失控

你營造自尊的宮殿
金光閃閃的牆
魚鱗般的幼年
被風吹得直抖動

臺階後面是奇異的管子
引來聖水
澆灌植物
葉子多情而平庸

你營造的還有
家族的舊花邊
榮耀和記憶
都已長出發黃的植物

永不休息地瘋長
時間
回轉身

一隻手還在想念
另一隻已折斷

過去的女同學

過去的女同學
都聚在一張老照片裡
臉孔小得像水滴
打濕了教室的窗玻璃

她們的裙子端莊得
如橡皮
麻木的雙腿
鉛筆一樣
僵直地站立

她們的一生
已經註定

微笑
毫無用處
簡單的呈現
也多餘

她們的孩子
早就藏在肚子裡

等待受孕

她們的老年

也聞訊趕來

竊笑著披在身後

像不變的髮型

安靜卻惱怒

儘管她們儘量控制著

白白的雙手疊放在小腹

凱蒂與汽車

汽車旁的女孩是誰
她能容忍誰
與誰共進晚餐

汽車鋥亮
像她的皮鞋
馬達健壯
如她的大腿

她會邀請誰
來和她談論天氣
性以及諸如此類

凱蒂漂亮得
就是一輛車
綠色的她
永遠佔據著醒目的地位

它們是同類
只受到邀請
而不是邀請別人

它們沒有選擇權

或許因為太引人注目

它們的肉體都能拆卸

維修，替換

閃閃發亮

塗著虛榮的漆

最主要是它們都缺乏那一點點智慧

個人生活

海島一閃就不見了
手卻指著這個方向

手的姿勢如同宮廷情劇
既色情又誇張

彎曲的海浪
固執地趴下

紫色的莖
纏繞著生命

和安全的意義
徒然增長

婦女的氣味
像存放了多年的乾貨

也像海草
把灼熱的裸體庇護

1990年-1991年

匿於人群

我知道一個孩子會墜落
在我們翹首懷疑的時刻
他像一條噴火的魚
又絕望又憤怒

還有一些蜥蜴
我知道
從樹上掉下來時
驚恐得變成了紅色

誰敢正視這一切
一顆鮮活的心
從沼澤中冒出來
顫抖著想當眾宣佈

死亡切斷了唯一消息
睡眠又關閉了白晝
當你降臨時只看到
我們撞肩而行的冷漠

要一滴血救我

要一滴血救我
要相同的一滴回贈
要仔細回想一個人的名字
把愛在他身上塗抹
從花園一直到達大廈的深處

這張金色辮子的照片
從很多女人的命運當中選出
惡意地巡視
目光就是結果
某一天他們選中了我

他們選中我
於是只要淡淡的招呼
我便盲目地跟從
不管什麼結果
哪怕前途未卜

這迷一樣的執著
反而使我喪失
變得乞丐一樣窮

對那少量的幸福
我還能不能領受

可怕的禮物

這樣的禮物

給嘴唇焦裂的人

給精疲力竭的人

當他們在沙漠中渴求一滴水

這樣的禮物

給雄心勃勃的禿鷹

給一具精力氾濫的屍骨

當男人在鏡子裡發現了自我

那恐懼的胃有著青年的牙齒

深不可測的子宮

孕育出茁壯的痛苦

嬰兒哭叫著三月的冷風

親人開滿枝頭的心情一朵又一朵

既潮濕又悲痛

被鳥啄食，被雨打爛

落入骯髒的泥土

描寫屠殺的影片

白天，坐在呼吸急促的電影院，

夜裡一覺醒來，

他能保證自己

還是那個雙手潔白的人？

他的內臟早已在夢中

餵了憲兵的狗；

他的餐桌上擺著刺刀和西式餡餅，

收音機裡傳來又一個合資企業的誕生。

免稅的科學技術找到

漂亮的公關小姐，

多麼匹配的結合！

瞧，灰塵一樣堆積在使館門前的年青人

正等待配種。

排上貨架，

偶蹄類的大學生們

以此逃出國門。

什麼樣的新式武器能改變命運？
既不被埋在萬人坑，
也不成為十年後
衣錦歸鄉的外籍華人？

什麼樣的力量能夠制止那噩夢，
一場接一場，
好像不肯中斷的春雨，人們心情
沮喪，驚恐得濕透。

春天

（一）

而今，冰雪早已結束
隱情般墜落
在一枝花的開放中
冷冷的葉子仍是我的笑容

急切地把寒冷遺忘
讓正午的陽光尾隨我
短促的影子欲斷，欲流失
被憂傷踩住

因為轉輪永遠指示著星辰
閃現又熄滅；而不變的旅行
始終佩戴著同一方向的磁針

因為命運的紙牌已理順
秘密正緩慢地展開
那些草原上的毀滅，和海裡的誕生

（二）

那過冬的林間小屋重又變白，
愛你的人大聲飛翔
像甜甜的蜜蜂
在你周圍，隨後又沈默

墓地的缺口總有一處通往
天堂，那花蕊的深處
歡樂歎息著，幸福
飄浮到靈魂的高度

滿懷希望的人們勁唱、遒舞
對愛的柔情如同對春風
已全然不顧

因為一座全新的花園朝他們開來
越來越近。薄霧光環和貼身的喜悅
美得讓人心痛

瑪麗娜・茨維塔耶娃

一片流入岩石的海
風落在歡息般沉重的雙肩
而激情生長的體內，俄羅斯的冰
正撞擊著命運也難以到達的彼岸

出海時桅杆已斷
漂泊如水，漂泊如初春
浮於水面的蔻子花
一百年後同樣的少女

放走一頁紙船
瑪麗娜，你唱著咒語，黑石頭一般
舞蹈在祖國的窗前

直至燈光熄滅
豎琴嗚咽，夜鶯啼出了血
你的眼眶落下憂傷的星星

簡愛

「愛德華，我回家了。」
小巷裡的狗爭搶這個聲音，
馬車精確地碾過碎石小路。

鈴鐺般稀疏的際遇，牧師朗誦
一段平常的婚禮賀詞：
「是的，我願意……」

彩色的誓言，
教堂玻璃傾聽於黃昏。
但我回家了。
那盲眼的腳步燈光一樣輕，
裙裾擦過深夜難測的門洞。

在西邊，靠近我帽沿的每束光
都假裝忽略。白雪的幸福
那樣被名狀，
好像飛越了風信子花叢。

被忽略的還有噩夢，
一頭遭掠奪、遭禁止的黑髮，

牙買加的陽光將它漂白。
那座巨大的秘密的城堡
馬匹重又回到火的鐵門，
驚心地跳。

失去的家園，
我飲下某位貴婦的酒，
石頭宴會還將等待誰？

失去的家園，
我們屈指而數，
莊園裡的葡萄密得嚇人。
只有一張空守的椅子，
面對傷殘的豐收。

「愛德華，我回家了。」
為那一束撫摸流下眼淚，
雨後的景色從伸遠的臂彎裡
紛紛跌落。

禮
品

波浪，化作一輛錐形的汽車

駛向鯨魚

帶著它滿車箱的菜肴

珍貴的太空船模型

蓄謀一次爆炸

長臉的人，變為

長臉的計畫，飛馳起來

穿透末代的心臟

掛滿金屬

去雲遊行俠

在水銀中閃光

冥想者在流動

他的財富

贈予我

使我在微光中增長

如同恐龍植入一棵樹

一棵樹獲得了岩石的形狀

奢華

夢開始變得刃利，像挺拔的服飾，
在燈光彼此傷害的時候。
青紫年代翻轉，
舞臺和貴族的小客廳，
一種風格趨於平靜。

細碎的生活如同繁飾花邊
在剛剛捲起的唇邊，
家族以同一種隱喻為秘密。
榮耀懸於鏡框；婦女的聲音熟悉，
竊笑，低吟，傳到祖母那裡。

有名的愛情掛在籠子裡
唱了一遍又一遍；
而奇跡的鳥
羽翼卑微又神秘。

指環、植物和笑容
密集成長，
漫山遍野，
如同腐朽的決心。

歌聲遙迢在做紙花的姑娘手裡。
盲眼的，熱烈的企盼，
柔軟地滑翔——

那柔軟的滑翔，
那過人的、寬大的裙裾
智慧滾邊。

春天，動物兇猛，
草莖蓋過芳香。
我們等待珍珠的少女
帶著她的種子而來。

多角的空間
職業的手臂撐在職業的腰上。
我們等待僅存秘密的少女
光芒一路伴隨她。

計劃

我體內遼闊的陰鬱
有一架紡織機在工作
增殖的相反
日常生活進入

一個假牙醫生從鄉村帶來
原始的騙術
都知道新鮮的事物來自糞土
和不能訴說

你，一個來路不明的人
手持城市身份證
任何潛逃的密謀
有一刻都會明朗
彷彿玫瑰的空氣
需要有一張玫瑰的嘴呼吸
謊言需要甜密的語氣

那個逃婚的藉口
許多婦女都用過
這個包一定壞了

我的想像卻停留在

一個男人的外表

和愛情的抽象之間

停留在不能到達之間

夏季

草在昨日生長。
這茂盛的往事，
像灼手的石頭
正合適於炎熱。

躺椅在陰影裡伸縮，
街心的流言擴散到邊緣──
你的少女時代。
一輛驚恐的汽車猛然

滑進黑暗。
有一百隻獅子的夜
開始低吼，
聲音逃不出這個季節。

矮個的雲壓住房屋，
沉重，傾斜，充滿耐力；
而清涼的姑娘
身著細紗的風
踏著輕盈的貓步──

她在哪裡？
她的風？
她那徑直的憂慮？

多麼寬闊的炎熱啊！
像舌頭，像歎息。
地球人的幸福
蒸發到了頭頂！

終於失去。
天空卻仍然無動於衷，
盛裝的鳥飛過窗櫺
追著星星。

窗後的少女

窗後的少女騎一匹童話
而來，扇動冰淩的薄翅膀
歌唱被寒冷停止了
玻璃擠扁乳房

房屋擁在一起取暖
大雪和大雪的災難同樣美麗
美麗得讓人驚歎

窗後的少女剪紙片，跳舞
在馬蒂斯的牆上
這些鮮豔的草莓
如同長在英國的鄉村
她們都叫苔絲·德蒙娜

一種無害的青春佈滿全身
純藍或檸檬黃
旋轉的腿能夠同時跨向兩扇門
烈焰和清爽的水源

窗後的少女被懸掛

被倒立，擔心

回憶的線

總是和特定的窗簾縫在一起

窗後的少女是玄黃的盛裝

是古代的編鐘

是吉

是不斷重複的命運

是巴黎街頭的譏俏女士

她們模仿愛情和它無數的發音

窗後的少女是議論

短暫的，粉碎的

那是一場可恥的戰爭

把自我擴大

同時加以厭惡

預言

一枚古幣的墜落
如同銀匠勞動的聲音
寂靜而寬敞
如同寶塔從根部生長，前往
回音飄入記憶的某個地方

驚異這枝葉，火焰
在夢中伸吐
理智的漲落
按照海洋的次數
激情控制它

但你，足食的人
卻苦得發亮
用艱澀的喉嚨訴說
顏色刺痛偽裝

從遠方飛來，這宿命之星
枯萎，安臥在生活的中央
百年的願望使鐵樹開花
預言的人，道路被人越走越長

碩大的欲望
被邪惡的翅膀覆蓋
陰影爬上山峰
刷黑白晝

奇跡被觀望
奇跡落入懸崖

小夜曲

向日葵的刺芒，愛人，
我們的劍磨得如此鋒利。
那黃金的夜呵，
星星刻在心裡！

我們的翅膀裙子一樣輕，
記憶匆匆滑過憂鬱的掌心。
愛人，為遠方招呼，
親情的水流來我這裡。

狡點的風吹過傾斜的石頭，
夜也如此傾斜，
蒲公英飛落黑暗的邊緣。

在空隙之間蓄滿，溢出，
我要求那最後一個，
我保證那最後一個。

病中

陽光後的大自鳴鐘，
這被關閉的心臟
我傾聽安居的聲音。
螞蟻的建築每時每刻提醒勞作者：
把唯一的身軀豎起，
使金屬喪失。

把吉祥的字寫好，
術士退開一丈。
一隻憂鬱的美獸
使耳朵難以抵擋；
就像一個人的童年，
要來的時候沒有聲響。

那不變的翅膀，
夢中樓梯狹長。
這精緻的美獸，
有好主婦照顧它。

陽光後的大自鳴鐘，
寂靜的人獨自敲響。

1992年－1995年

憂
鬱

往日寧靜的樹蔭下，
我和愛人曾經嬉戲，
可如今他又在哪裡？

啊，憂鬱，我那濃密而美麗的憂鬱！

天空中鳥群悄然飛過，
陰影長久地籠罩在我的頭髮上。
當我想要捉住它的時候，
它卻風一樣稍縱即逝。

生命如此短暫，
早晨給你，傍晚就將它收回。
我的身體顯得多麼無用？那手、那頭，
在這昏暗的光線下──

我的心也如此短暫，難以察覺，
就像這掛滿露珠的春天。

死去的歌手

死去的歌手
還在唱，通過秋風
通過飛蛾，
通過海浪永不休息的喉嚨。

死去的歌手，
命運唇邊一朵衰敗的大麗花，
大海深處陰暗的泡沫，
岸上一座背時的瞭望塔。

她有著塑膠做的鮮豔臉龐，
閃亮的金屬腰，
水泥一樣結實的乳房。
可這一切也難以阻擋，
只是讓人作嘔，
當死亡降臨的時候。

死去的歌手
在水中等待多時，也練習多時。
那光禿禿的前額———一隻巨大的蛤———
雙目緊閉。對於死亡的恐懼
她不會再有什麼可說的了。

靜
物

一隻雜種貓邁著高貴的步子！

碧綠的目光能夠穿透歷年的磁器。

公寓普遍的場景：

方格子絨布、水果和陽光；

那裡有奢侈的大波斯菊，紫色的

刺李的壁畫。

此刻，尊貴的塞尚先生

正從印象主義的生活中歸來，

抽一支煙斗；他的身邊，

那些更久遠的祖先不停地聞著鼻煙壺，

假髮似的目光追逐著日出，

他們追逐長得像羚羊一樣的淑女。

色情塗上兒童的紅暈。

可是尊貴的塞尚先生剛從大碗島的下午歸來。

他隻身擠出巴黎擁擠的地鐵車站，

經過馬奈的咖啡館

也沒有停留。

他給我們帶來整片雨中的鄉村景色，

或者是陰天的，或者是有雲天氣的：

白顏色的房屋，我們多麼希望住在那裡；
小樹林，耀眼的牆壁，
彎曲而堅定的小徑，那只有用極慢的步伐
才能走遍；還有書籍——
那時我們正面對舒適的壁爐聊天。

第二天中午，頭戴太陽帽的女友坐在陽臺上，
她陷入回憶。
夜晚，魚鱗的面紗下，
話語點點滴滴。

騎車走在擁擠的馬路

騎車走在擁擠的馬路，
車輛像蝗蟲一樣鋪天蓋地飛來，
金屬的圓翅膀閃著銳利的光。

它們在十字路口稍作停留
後又尖囂著逼近這
生活中最驚心的時刻——
內心深處既傲慢又怯懦的荒原。

我想像自己是在海濱，是在室內，
踩踏健身器，傍晚的風從落地窗外吹進來。
日影婆娑，在沙灘上伸長，

像高樓下那棵難以逃脫的樹。
我只是聽，並準備承受某個聲音。
我想像我在飛翔，在昆蟲和金屬之上，
更接近真實和月亮。

訪問

坐在籐椅中的女友，
長有翅膀的玩偶。

今天的陽光來自喧鬧的街道，
來自書信，來自菊花，來自婚禮。
我們所談論的生活，
圓鏡的生活：顛倒，面目不清。

坐在籐椅中的女友，
長有翅膀的玩偶。

還有什麼？一整塊石頭……
她的青春最後被編成了辮子。
她害怕談及衰老，
「怎樣使皮膚繃得緊？」

滑梯上，遊樂園卻縮小，
整個童年都彙集起來。
她笑得睜不大眼睛。
漂白粉味的波浪舔著少女的足尖，

她轉過臉來，面對一架掃射的照相機。
我卻聽見時間流動的聲音，
它們積聚在水池中，
泡沫增大，隨後破裂。

坐在籐椅中的女友，
長有翅膀的玩偶。

她試了試足弓的彈性。
嬌嫩的沙子，皮膚上移動的光點。
我們這就開始，跳起——
甜蜜跟著後退。

甜蜜急切地讓位給
這種武斷而進步的縱躍姿態。
她小巧的手指
在清晰的燈芯絨桌布上移動，

她指給我看一小塊油漬：
「愛情使人挺住……」她說，

但它或許有一個污點。
於是我們走到街上去散步。

坐在籐椅中的女友，
長有翅膀的玩偶。

我們攀上懸梯，
這墮落的欲望變得馬一樣大，
蹄子刨地，嚴厲的鼻孔呼吸。
我卻渴望它的背影，

渴望它危險的目光。
沒多久，騎手終於把我們甩在了身後。
我想起很久前的一個雨天，
我們走很遠的路去一家工廠洗澡。

我們看見骯髒的煙囪和巨大的機器。
我們在低矮的屋簷下躲雨。
衣服淋濕了，但不要緊，
它們很快會被脫去。

坐在籐椅中的女友，

長有翅膀的玩偶。

愛人鳥

春天，這巨大的蘑菇
在愛人的穀倉裡迅速長大。
我準備好收割的籃子和剪刀，
這是愛情的開始也是它的結局。

把你叫做愛人鳥，
你從電話裡飛出，又在臺燈下顯形；
我如此感動，
當你的名字像玫瑰一樣綻放。

那是黃昏衣服上最後一粒紐扣。
你這白銀的毛，寶石的眼珠，
你黃金的喙是我枕邊一座精緻的山峰＿＿＿
正孤獨地從黑暗中升起。

你的翅膀划向往事，
划向臥室，划向我最初的憂傷；
我閉上眼睛也能看見，
你帶來的星空般的灰塵；

你帶來的水一般的陽光。
我在整間屋子裡思念你：
我在銀器上低眉、在蠟燭芯中癡迷，
我在針尖的內部哭泣——

縫補這道裂痕。
你原來是異類，原來來自天堂，
我知道，你的世界無比廣闊，
去那兒的道路卻狹窄。

我深深歎息，
我的篝火整夜燃燒，
但再也找不到了，
你這籠子裡的金魚，火上的冰。

生活啊，多麼沉悶

生活啊，多麼沉悶！
滿屋子的陽光被浪費，像水一樣。
灰塵漫無目的地飄蕩，
彷彿宇宙中最深邃的星辰。

打開每本書，字裡行間總有人在哪兒說話，
那些人，死的時候卻毫無聲息。
我幽靈的朋友，每當回憶降臨
美麗的往事多麼淒涼。

美麗的往事多麼淒涼！
我推開這扇烏雲的窗戶，
閃電正不停地巡視著，
春天踏在紙上沙沙響；

春天正悄悄爬上我蒼白的臉頰，
它環顧四周，後又飛去遠方……

明天，它的憂患，它的窒息……

明天，它的憂患，它的窒息
現在，暴風雨的前夕，一隻海鷗
轉動它白色的脖頸

一顆樹拒絕
一陣風滿懷疑慮地躺在床上
一張巨大的睡眠的網展開
無限地展開

並升降
這註定的希望
雨，把臉弄濕，捧打著
後又從下水道裡流走
回到它來的地方，我卻不能

果子在無法達到的海的邊緣
沈默著，聲音不斷放大

霧

早晨霧很大，

嚇壞了小孩子。

他不明白。

當他學會說「白霧茫茫」這個詞後，

就站在陽臺上大聲念，「茫茫——」

不過他仍然問「為什麼」。

我想對他說，我們每個人都是這樣的，

在你什麼也看不清的時候。

也許你會突發奇想，以為自己正站在田野中間，

那該有多好啊！

你四下裡盡可以擁有那些看不清顏色的草，

幾條乾癟的黃瓜；

像白頭髮一樣的蘆葦

在遠處的河道上正醉得東倒西歪呢，

那是一個老人的記憶，

他等的船從來就沒來過——

沒有一件東西是對你有用的。

白霧大得嚇人，

這樣的事實包圍我們；

當然，你會長大，明白……不斷地……

還是讓我們來想像：

那人突然降到陽臺上，

他的身材壯得像塑膠機器人，披一件棒球隊員的

　　護胸；

他的腦袋後也許有閃亮的光環？

他說的話──你一定猜得著──帶有驚嘆號。

把我們從這兒帶走──

是否我得去幹一些驚天動地的事情？

一些後果嚴重的事情？

黑夜

黑夜，牆上的星星，

鐘錶裡的愛人

齒輪間呼吸的愛人

月亮的波浪

在他短短的背影裡此起彼伏

黑夜中鋪著億萬劫的沙子

鋪著億萬劫的黃金

啊，緩慢的愛人

耐心地搖著櫓，沉思著

直到早晨

鏡子擦亮著，露水節約

花瓣像風一樣顫動

寧靜的骨骼

直到早晨

1996年

冬景

冬天的窗後我看見一段潔白的街道，
孩子們早已銷聲匿跡。
我看見低矮的冬青樹
而今還在那裡，
它們堅定，不為任何事情所迴避。

我看見乾燥的屋脊，
一匹遲緩的動畫馬在正午駛過，
在正午重複，
有個姑娘在陽臺上打開她花卉的衣箱。

我看見過去的日子就像這本書，
當我哈一口氣，急促地翻閱。
我冷得難以坐下──它的身體僵硬，
手一碰就是一道印痕，
它的聲音吹痛我的耳朵；
它的腳踵渴望回憶的火爐，
它的容貌卻在爐膛裡
「劈啪劈啪」地爆裂。

我知道過去的日子，這密密麻麻的黑字，

這模糊的視線，

如今正繞向倒轉著的磁片

往前翻看。

我按動鍵鈕，看著灰白天空的顯示器。

我掌握這個秘密。

我就是那個站著看書的人。

過去的日子就是現在，

那是我僅存的財富。

我在冬天的碎玻璃後面閱讀它，

融化的雪也不能將它洗去。

白天

1

你的日子像一座空房子，
從體內傳來回音。
巨大的石階下，樹木脆弱，
門鈴清涼。

每件家俱的抽屜和門
都同時打開，
葉子被裝上了彈簧；
花迅速開放。
等待出售或者希望被匆匆的
行人佔有──這種生活
以前十分熟悉的生活已經消失了。

從鼻子頂端向內心觀看：
陽光像一場預料中的洪水
淹沒了河床，包括陰影
和陰影之間重疊的往事──
你來到這個從未離開過的地方，
神態安詳。

遠處一幢多餘的樓房，
被安排定向爆破，
聲音卻傳不到你的耳朵。
只有紙屑似的碎片緩慢降落到
你冰雪的腳背上。

你的心似寶石
被謹慎安放，卻難以捨棄。
你的心似水滴，
跟著時間的擺動「滴答」作響。

黑色琴鍵的屋簷上，
瓦片的音樂來自鳥群的羽毛，
它們被風輕輕地彈奏。
白蟻身後有人正試著去遺忘。

白蟻身後，新的建築比春竹
更迅速。植物的喧囂聲終於突破
看門人和玻璃，
你是寂寞的房主人──雙手潔白
臉色如同睡夢一樣。

2

白天的語言尖銳、冗長，
後又像歲月一樣低沉下去。
拐過一道坦坡，緊接著一片
小灌木叢，兩棵分開站立的樹，
天空不停地看著。

光滑的辦公室，像一部飛機
把人們劫持到這裡。
盥洗間刺眼的白磁磚上
他們紛紛倒下。一台榨汁機
吞噬著青春和紙張；
一架濾水器。一個科長的彎脊樑。
時間滾到地上「叮噹」響了一陣後
就無影無蹤了……

希望睡過去的想法
不停地繁衍，從蛹到成蟲，
最後落在雙肩上。被自己叮咬，
被驚醒，無不憂慮地。

它的轟鳴聲如同火箭，又像山峰
極需另一種更為嚴厲的打擊來抵禦，
直到黑夜的降臨。

3

白天，小孩身上的毯子，短暫、
柔軟，周圍一圈毛邊。啊，白天！
你卻在美國數五十顆星星。
口音圓潤的播音員在一條交通事故消息之後
微笑起來。新聞在高速公路上持續著。
美國的月亮似乎更白，像塊別在胸前的紀念章。

「只要往地上打個洞，」一個孩子說，
「然後不停地挖，就能到中國。」
你撥通長途電話，
一下子從黑夜返回，一下子
從歲月返回，輕易得
如同拔掉一根突變的白髮：
「小麗，我知道你……」

我也知道現在，是白天，
是上海的郊區，一隻漲大的熱氣球，
時間被禁錮在裡面。
關於地球的神話，我猜，
我們不可能挖到地獄，也不可能
活著離開。

我們只能從一個地方
挪到另一個地方，並暗自慶倖。
去九州，洗溫泉浴，或者
到阿拉斯加，閱讀招聘欄。
水蒸汽在眼鏡片上結成美妙的圖案，
接著「嘶」地一聲破裂，多麼值得讚歎的聲音。
那是所有事物的終結。想想
我們的反應──晃腦袋、歎氣，回憶起
宇航中心陳列的飛船模型，
一幅過時了的場景展現
年老時的可笑模樣：
我們還在不停地挖，
期望挖出什麼──一座金字塔？

一天我給你郵去《六祖壇經》，
於是言語道斷……

寂寞的種子卻早已發芽，從行軍床
到書架，它的枝葉
爬滿房間，根鬚像閃電穿透地板
直達內臟；
它的花香成了無法抵擋的毒瘴。

啊，小麗……

雪

冰雪，與季節背離的欲望
重又在陽光下聚攏、炫耀
像沙灘，被風制止
刺眼的日光卻把我們覆蓋
河流正在岸上追趕
影子來不及躲藏

冰雪，在寒冷的音樂裡生長
碩大的芒果的音符漸強
冰雪成長為寂靜的回聲
成長為嬰兒
冰雪的腳和耳朵，它的心是臘梅
正在沈默中試探

我從溫暖的窗戶內
眺望閃爍的路面
電線杆、房屋、幾輛快速的汽車
尖銳的冰菱花在內心後退
行人暗淡

我眺望剛剛奏響的樂隊

在灰色的天空中迴蕩

彷彿眺望整個銀河的移動

那麼緩慢。啊，我的心

感覺永恆的意味

感覺時間

感覺植物和水

萬物都在消融，直到

溫暖，無盡的溫暖

從現在到未來

燃燒的雪、難以敘述的雪

虛假的雪

另一場夢裡我鬆軟，快活

通體透亮，金黃色

我舞蹈，恣意，遺忘

並向命運紛紛降落

夜晚

夜晚，移近呼吸的葡萄藤
迅速蔓延，在街心花園裡
閃亮。機敏的腿也閃亮，
當那只驍勇的蟋蟀攀上灰白色的廊柱。
頂端是同樣灰白的雲，憂傷的雲，準備撤離的雲。

沉寂的天空，唯有幾幢玩具似的樓房
沒有倒下。兩三粒星星
變得越來越珍貴，像嵌在皮膚上的鑽石，
瞧上一眼，都怕它從此遺失。
行人都早早回了家。

無害的想法一閃而過。誰知道
它們真的無害，不會因此踩上
隱形的鬼魅的腳趾？
蟋蟀吹著口哨，它還有另外一個意思——「板球」
在英語裡，它們跳躍，公正而快活。
另外一個世界就在身邊，我相信

另外一個人在星星上。
思維的列車呼嘯著深入，從遠處看

卻慢得像蛹，等待蛻變、進化。

「末世一萬年」也許只有一個晚上；

閃動的意念

卻比一生還要漫長。

沉思

遠山複製出的嶄新身體

陽光之上

白雲的馬奔跑著

在雙肩上，時間的馬朝向

它永遠看不見的後腦勺

一枚針從寂靜中落下，一滴雨

刺破一座山崗

河流來自源泉

河流聚集著黎明和花香

從眼睛裡流淌

河流停滯不前

餵飽這匹馬

室內

門，不是唯一的選擇，對於來世。
時間和歷史有著各自的翅膀，
鼓脹起來，就像冒險出海的中學生
長著一張圓面孔，他帶著指南針、航海圖
和一場註定無法拯救的大風暴。

門也不是用來低擋聲音和圖像的。
更多時候，它獨自發出響聲，
射出不經意的目光。
而孤獨像自虐的囚犯
永遠蹲坐在內心的中央。

三十個歲月使牆壁發出象牙般的光澤，
犀利、堅強，說不出的浪費和奢華。
室內的光線忽明忽暗，
像自製的拙劣幻燈片，一架斷了鏈子的
自行車，卻永不停頓地在白被單上放映。

鬼影瘋狂地跳舞，我想起人們怎麼談論「輪迴」。
我想起小時候的手電筒、夢囈和齙牙；
童年的體操表演，

那是為了將來的職業準備的：體面，有意義，
不至於被送到鄉下。

室內，整潔無瑕的大地毯，
多麼驕傲的平衡木！就在昨天，
我還夢見自己再次從上面摔下來。
抹了防滑粉的手總是抓不住命運的重量。
我早該知道，三十歲和十三歲
想法如此相似，知道得不可能更多，

也不可能更清晰。夢境「呼啦啦」地推開，
多真實！我在窗臺旁沉思，觀察著天氣，
小聲說話。突然一股幸福的暖流湧遍全身。
我衝下樓梯，既驚訝又慌張，
一輛嶄新的汽車正等候在街角；

還有一個嶄新的穿制服的司機。
生活為什麼不該如此──希望再一次被送走，
或者躲起來，白手套和一大束情人鮮豔地開放。
低語的黃昏，一架藍色的大鋼琴傾聽著自己的影子。
向夏加爾學習在平面裡飛翔，

腦袋連著腿，一邊吮吸著對方。
那時，我正埋頭在大堆習題上⋯⋯

低頭撩起床單向裡觀望，卻是另外一幅景象：
凌亂的鞋和蟑螂競賽著，
它們比蟑螂跑得更遠，
高加索，或是南海的一座島嶼。
那個紅種人曾是我的丈夫，另外一個是
短腿、綠皮膚的仙波族族長。

其實我哪兒也沒有去，誰都知道。
水漬在地板上形成一幅地圖；
還有灰塵，我遺忘的孩子，
他們聚集起來，不斷長大，
對我構成威脅；他們侵佔空間，並吞噬掉
本該屬於我的食物、歲月和純潔。

壞消息排著隊，急切地被趕出收音機，
像一隊隊過馬路的小學生。
壞消息重疊著，鏡子從天花板
或者任何一個不可能的角度

映出中年悠閒的斜躺姿勢。
欲望的水果,香蕉大腿,噬人的海鮮,
這些紛亂的意象和捕鼠器,紅茶几,
書和段章……一把菜刀正等著落下!

這個化了妝的婦女是誰?
曾經是另一個人的祖母,或者
是自己來世的親姐妹,
還是一個拖著長尾巴的貴婦?
有時我更願意成為一棵敦厚的大槐樹,
上面沒有吊死過人。

為什麼生活不該更真實一些?
當我把自己看守起來;
誰也不能接近,誰也不能
從麥田的邊緣掉下去。
當我成了一個守望者,就像那堵牆。
我把自己鋪得平整一些,
再平整一些,
然後面對它。

圓月

懸掛著的膽。這清冷的揮霍的光
從身體一側移出來。

「男人費勁學來的
不過是女人的常識……」

這回，關於性別差異的談話低沉下去，
近於尾聲，像受傷的機器人——
終劫者1號要修一修他的喉嚨和手臂，
要充電。經絡由白變紅，
通過捲曲著的電話線。
四隻赤腳在牆上走
接近高壓電……

……奇跡！六百年一遇的月全食
有誰見過？中秋之夜最合適訴說了。
因為注意力的轉移使紛擾的內心被忽略，
因為那個美少年
高高在上，被青春和言語追趕著，
他眸子閃亮，雙腳烏黑。

1996年／107

他來回跑動，在熱烈與反悔之間；
在衰老開始警覺以前。

今夜，池塘裡的荷葉多麼厚實啊！
像聽眾的沙發：「請坐！」
疲憊的潛流正吞噬燈光。
瞧，月亮被一個自大狂捉住。
他使理智開始懷疑，
使判斷急切地躲閃，儘管輕微得
如同水下的一隻青蛙翻了個身。

最後，一隻昆蟲為我們總結，繼而轉移話題——
愛情是在一瞬間降臨的……

但激情卻被風趨散。雲朵被削減，
變薄，成了吝嗇鬼的盤中餐。

黑暗增大了領地。啊，黑暗！
所有的話語頓時找不到蹤跡；
所有的親人，所有的回音。
只有黑暗敲打著柳樹葉和悲痛。

1997年

一天早晨

音樂從高保真的音響裡
流出來，彷彿自來水那麼流暢。
緩慢而富裕的音樂。
就像柵欄中的一頭鹿來回走動。
它的蹄子踢到了自由的極限，
卻看不到自身可憐的裝飾的紋路。

露水中兩個戀人迅速分離，
變乾，重又恢復原來的模樣：
一支熱狗和一只橙子，
彼此觀看著，多麼陌生？

音樂從巧克力濃郁的絲綢裡
流出來，甜膩而脆弱的音樂。
就像一個沐浴的姑娘
肌膚柔嫩、不堪一擊，
卻渴望在驕陽和風暴中生活。

哦，欲望的歌聲響遍整個廚房。
這天早晨，和所有的早晨一樣，

報紙從門縫塞進來，

展開，散發著奶香⋯⋯

夢

夢中的島嶼在海上浮動，
夢中的樹在海上……
呵，夢中的傢俱：白色的木椅子，
一張大圓桌，上面擺著鮮花
在海上。四條腿抗拒了嚴厲的透視法
同時飛向四個方向。

夢中的動物也同時向四個方向奔跑；
同時向四個維度
奔跑；夢中的小孩在輪子上玩；
夢中，植物茂盛；
夢中睡眠充足，猶如大象。

夢中的島嶼甜美，（假如沒有記錯）像塊
蛋糕放在盤子裡正準備端上來。
我和姐姐坐在沙灘上
吃早餐，陽光的叉子和
微風做的餐巾卻紋絲未動。
夢，輕柔的夢！正如殘忍的內心，
回憶的碎屑撒落一地。

這時太陽毫無顧忌地上升，不斷上升，
螞蟻和海水瘋狂地包圍了沙堡——
連同悔恨——我淚水盈眶，頑固地沈默著，
經過一番爭鬥後才肯退下。

願望

讓我到童年遊玩，

在花園裡睡午覺，

做個好夢。

梔子的香氣在那裡躥來躥去，

抓住它，拿來親吻……

口水也淌了出來。

不願醒來的夢，七星瓢蟲的夢

完美如星星，正與上升的月亮重合。

讓我去看不見的地方旅行。

巨大的雲覆滿道路。

也許只要一瞬間，也許

永遠不可能了。

骯髒的雲覆滿道路。

「漫長的午後像閃電一樣迅速，

像閃電一樣疼痛……」

這場暴雨來得正是時候！

讓我在雨裡走，

張嘴吞進混濁的水、憤怒

和絕望。哀傷如蜥蜴，

如變色的樹木。但我知道，
我終究不會被淋濕，
衣服仍像夏季的木屑。

因為我已與自己分離，
彷彿這個冬天已走遠。
下一個冬天，卻像山上的滑雪冠軍那樣
遙不可及。還是讓我去⋯⋯
在一間有陽光的屋子裡
居住──那是怎樣一種生活──
穿著睡衣，盤腿坐，
呼吸，清理，多麼讓人驚奇！

讓我到童年遊玩，
讓我去看不見的地方旅行。

瞬

間

一切都安靜下來。

從豎起的燈光到退縮的窗簾；

書籍又開了腿，翻身，

發出簌簌的回憶的響聲。

冬眠。

義無反顧地。

我們的未來是什麼？

一隻沙發的義腳可能會聽見。

生命，如此被消耗，

僅僅為了得到一杯水或某個真理？

使空氣變得如此響亮──

似銀鈴！

最終仍然安靜下來。

這個開關被我找到，

在床後。

這個大宇宙的外殼被我看見：

星系正離我們遠去，
好像放映機前的灰塵。
孤獨繃緊著，
體內的某個原子極欲爆裂。

暴風雨

天空，
仁慈的掛毯
本應豎起，
為何將新娘覆蓋？

鄉野閃著青光，
民俗捲起來，
停止播放。
觀眾多麼失望。

迅猛龍出現的一瞬間
房屋尖叫起來。
百合花流出了眼淚，
打濕烏雲，枕巾，和鐵線蓮。

她們的婚事
如歷史上的舊橋樑
某處被折斷。

逃難。悔過。
黎明時發現自己
躺在一堆骨骸中間。

誓言

翻開一張立體卡片，
家庭縮小到二十釐米。
擺著炊具和床，洗衣機
指甲那般大。

手感陌生得刺痛，
在皮膚上留下小口子；
傷口被懷疑來自特殊的紙張——鈔票
或者天生的自虐狂。

壞結局

啊，大師傅，
這人終於被第九瓶酒擊倒，
雖能說出對桌後那位女士的愛慕，
卻沒法讓她聽見。
他的舌頭厚得像一塊披薩
被咬掉了一半；
他的身體，嗨，不用提了──
一團完全發壞的麵。

你或許想到他多麼有勇氣
曾經獨自遊過富春江，
在水流湍急的青年時代
卻擱淺。滿足於
玩沙堡的遊戲，
躺在海灘胡思亂想。
女孩都離他遠去，於是他又有理由
縱身跳入酒杯。

你或許感歎時間的無情，
如今誰還會為他悲哀？
不幸的大師傅，

你那僅有的傑作正在餐桌上
被糟蹋，被那自古強大的味覺
所摧毀。它像明火，
它像煎炸時發出的崩裂聲
讓人心驚膽顫。

啊，大師傅，你轉輪上的大拼盤──
川味加日本料理，毒癮加雙性戀，
這一鍋端到時髦的人群中炸開。
是不是所有人都喜好在食物的大海中
試探勇氣？不放過任何一勺
虛榮的湯？
是不是上帝的火焰發生錯誤，
在最後一刻撤走了它的力量？

啊，大師傅！
或許此時你早已厭倦
創造，只管往平淡的日子裡
撒味精，在烈焰上
把絕望的人們兩面煎黃？
或許你早已脫下大白帽，

收攏了嘴巴，好像疲乏的造物主
打算收工，放棄他最後的職責。

彷彿只有這樣，才能避免看到那個壞結局：
那個後現代的下跪姿勢——求婚
向越來越明顯的邪惡；
彷彿只有這樣，才能避免看到人們的反應：
冷漠，離席而去，踢著牙，
同時跨過任何擋道的軀體。

快樂

在灰暗、嘈雜的人流中坐穩，
喝蓮子羹，飛快地說一件事情。
詞語在嘴裡停留的時間
越來越短，就像食物
在小販的手裡，
記憶在僵冷的軀體中。

此刻，烤爐發出「嘶嘶嘶」的可怕聲音，
讓人想到刑具、野蠻人的山洞。
臉膛映得通紅，回憶的水份
一下子被蒸乾了。
「那是十年以前……」你說。
「不，也許只是今天。」

我們停下來，彼此炫耀著臉色。
多麼明亮的一對啊，在這樣的黑夜裡！
「那一定在上輩子相識，並且相愛。」
「那時我肯定是另外一種性別，
是個姑娘，長著小腳踝，
繫一條蓮蓬似的綠裙子，說話緩慢……」

124

聚會——丁麗英詩選

1998年

木馬

在人民廣場上散步，穿過
分割的空地，身邊的朋友
被冷風吹得縮起脖子，衣領像鞋墊一樣飛揚。
二月，連鴿子也沒人圍觀，
沒人買玉米餵它們。
我們步履匆匆，忙著去找一個餐館。

我們關心著自己的事，盲目走過西藏路，
然後是福州路，在這條文化街上
辨別著方向。此時，不止一人會提醒
這兒曾是紅燈區，住過一些會吟詩的姑娘。
當我們徑直走到另一條街上的小店坐下，
誰都來不及辨別其中的意義。

我渴望陽光，渴望溫暖的天氣。我想，
這樣可以稍稍掩飾蒼白的臉色。
不是因為徹夜工作，其實我早已準備
婚後穿著這件蜥蜴色的外套出現。
人們一定會在意我的變化，包括蒼白，
當我們呷著茶，吃著嫩黃瓜。

我們談起看過的三級片。這種愛好
確實應該嚴肅對待，最後
還是忍不住笑起來。我得承認
婚姻的好處，但它卻使一些本該禁忌的東西
從抽屜裡跳出來，什麼也沒穿，
它使藝術和想像力遭到損壞。

或許我早該在成為女學究前
就成為別人的妻子，
學做真正的家常菜，而不是在菜譜上。
端著滿滿一碗雞湯走過走廊，
保持平衡，會比往返於考場和圖書館
更難，抑或僅僅是味道平淡？

看著舊日的朋友，當我們
從午飯順勢回憶到童年，
商店裡傳來娜娜·莫絲克莉的歌聲。
我們注意到甜美本身，和孩子們，
他們往往都是厚顏無恥的。就像色情
發展到最後，而我們已經離開了那兒。

我們帶著鋼琴的尾音，又回到
寒冷的空闊地。我們不知道
該怎樣打發剩餘的時間，
在有生之年不淪落為無聊者。
激情在哪兒？我們呼喚，直到
在人民公園坐上木馬，

靜靜地聽著機械的摩擦聲──
平穩地懸空，降落，有點緩慢。
我們雙手抓牢它小小的耳朵，
轉了一圈又一圈。兩個成年人，
人們已經開始注意：一動也不敢動，
雙腳套在鐵環內。

白雪蓋住了我們的屋頂

如今我們臉貼臉睡在一起，
醒來後訴說彼此的夢境，
以便記住，就像記住曾有過的愛情。
在冬天，狂風怎樣兇猛地撲來，
我們畏懼得只好擁抱，
朝對方的嘴裡呼熱氣。

你曾經在我的夢中出現，
滿不在乎的樣子，掩飾著辛酸和膽怯。
後來我又遇見你，是在春天，
大街迅速穿過蠕動的人群。
我胸口別著白蘭花——那碩大而墮落的品種，
我的心臟快要被刺痛。

一切都太晚了，我憂鬱的心情
把這個黃昏磨暗、磨破，
與奇跡的傷痕正好吻合。
在這樣一個比夢境更虛假的地方
青春浮腫得像一團雲絮，
而月亮變成了鐵鏽紅。

交通警嚴密地監視著內心。

快樂的車輛卻從頭腦裡開出，

一輛接一輛，排出尾氣，

彷彿被喚醒的黎明——

既驚訝又惱怒，說不出一個字——

白雪已蓋住了我們的屋頂。

翻譯一首古詩

春天，雨中，雪子
歡快地彈奏玻璃（不是那柔弱的古代窗紙）。
西風被百葉窗替代，
美人被狐狸……

夜晚，樹枝被月亮點燃，
雨猛吸戀人的心思。

噢，女詞人般感傷的雲朵，
堆積在頑固的沈默中。
她的焦慮著青衣。
而瑪麗亞・凱莉身邊
肥胖的黑伴唱達到了飽滿的音域
使人難以忍受。

一絲光線分離出憂愁和執拗。
思念的人比黃花還要瘦。

思念的人被燕子剪成了兩部分。

微顫著，在視屏前捲簾，
在鍵盤間捵墨。直到珠子
飛濺，銅鏡變圓的時候。

寒冷的脂香殺滅男子的勇氣。
深呼吸，流感隨後移胯潛入。

音樂來自布魯斯的鋼琴，
憂傷來自宋朝。隨時隨地，
當冰塊滑入，淚水能把酒凍住。

家住洪水氾濫的河流命名的馬路

家住洪水氾濫的河流命名的馬路，
好像我站在陽臺就能掬起一捧水，
好像我的窗戶被開到了電視螢幕，我的生活
同其他人的一樣正被實況轉播。
死亡的危險第一次這麼近。
在我的床下，鞋盒漂浮起來，衣服漲得像降落傘；
瘦小的螞蟻士兵集聚於飯桌，
聽候命令，拼死搶奪每一粒乾燥的食物。

居住在這裡：黃河路、松花江路或者嫩江路，
這個城市到處佈滿同樣名字的河流。
看上去它們並不曲折，還被標上了東西向的箭頭。
而人們就在廢氣的波浪中生存，
在人群中嘔吐，
在鬆軟的交通島上站穩腳跟。
潛規則早被寫進了書本，
可生活卻躲閃著，隱忍著，對此熟視無睹。

生活藏身於那棵萎頓的梧桐樹，
終於它要連根拔起，直挺挺地滑到快車道上行走。
它說它要這麼幹，它有這個權利。

它的枝幹兇猛、堅硬，它的葉子吞鐵噬銀。
它無數次撞開了我心靈的堤壩，
淚水呼嘯著淹沒了眼睛和髮梢。
我的悲哀也是筆直的，來源於梧桐樹的夢想，
如今它被折斷了，侵入我的脾臟。

家住洪水氾濫的河流命名的馬路，
我甚至不能確定我家的位置。
向日葵和雛菊總是彎著腰，面對時間的雜草，
我每天面對看漲的股票行情和天氣預報。
我的大腦受制於孤獨的思考，
身體在電腦之後享受活命的空調。
我甚至不能說自己是在發燒，因為氣溫在發高燒，
洪水早已衝破溫度計頂端的水銀柱。

而我家住洪水氾濫的河流命名的馬路，
也可以說是幸運的。
真實的災難還沒有敲我的門，它只是
暗示、憐憫、捐贈著命運的圖像和聲音。
我也沒有被推上唯一一根樹枝，
奶奶在下面喊出最後一句話：

「聽著，死命抱住……」
隨即她被捲入洪水消失得無影無蹤。

家住洪水氾濫的河流命名的馬路，
恐懼離得這麼近，超過了緩慢憂慮的生活。
我把行李堆在屋子中央，
弛張的情緒按上拉鏈，隨時準備撤走。
家住這樣的馬路，你只能這麼想：
死亡正在逼近，時間正在
鬆動，大地在顫抖。
無止境地毀壞開始於更深結構。

軟弱和軟弱的風向儀失去了作用。
最後的日子就要到來，善和惡沒有區別。
審判的痛苦變得堅硬，好吧，我們就要這個！
至少它是堅硬的，能在無情的覆滅中停留片刻。
還有思想，早已作好了準備──充上氣，攜帶乾糧，
壓縮泵，安上翅膀。它打算在緊急情況下
率先逃離長期居住的身軀，從這裡，從這氾濫的
河床，飛往更高的虛空。

一個時期的婦女肖像

你的瞳仁像蝌蚪
在表情的湖裡游泳，變化，
期望獲得驚人的形體。
你的眉毛卻躲在樹蔭下歎著氣，呼吸

青春。盛夏的熱情燃過頭髮，
自尊和憐憫蒸發為濃重而僥倖的烏雲，
策劃一場暴雨。你的耳朵
承受著骯髒的雨水和陰影的憤怒。

你的鼻樑高聳，懷著孕，香味的孩子
對於你多麼陌生？
他來自另一個世界，嗅覺的王國裡，
靈魂到最後才進入。

你的臉頰生育出笑容。
你的額頭開闊地，渴望播種。
你的嘴唇是門戶，總是開放神秘的花朵——
語言，鴿子似的自由散佈。

而更多時候，它緊閉著，
抵禦異性的覬覦和侵入。
用來頌揚的嘴，歌唱的嘴，宣佈判決的嘴，
需要謊言和虛偽來保護。

你秀氣的脖頸，老房子上的煙囪，
穿花邊睡衣的軀體內正進行著
瑣碎的家庭生活。
你的手臂自然下垂，像兩把梯子

通往未卜先知的幸福和記憶的天國。
你的胸前縫著愛情的紐扣，另一枚稱作欲望；
你的手指交叉在那裡，停住，
抉擇於兩條方向相反的小路。

一封情書

親愛的祥祥，我要給你寫信，
儘管像是給另一個人在寫。
他也叫這個名字。
他溫馨，和善，愛說笑話，
他像只蘋果——比什麼都好，在降落。
這樣的大氣中一只完美的蘋果——
他會唱歌，不是卡拉OK，而且聲音優美，
從天而降。先是沈默，後又響亮。
好嗓音就是最大的報償，
因為他持續的美德。

我仍然要寫，
哪怕喪失了愛和自尊。
我已經喪失了它們：愛，
自尊，如今對我又有什麼用？
既然我已失去了你，
失去了你那空中的拋物線，
在一種讓人難以忍受的緩慢打擊下。

破裂卻提前到來了，破裂迅速，
像一枚溢出的魚膽，污染了內臟。

我掉過頭去。我不知道
為什麼會這樣。所有事物
總在它的軌道上降落。它們墜毀。
而我不能和我愛著的人坐在一起
喝茶。吃下午的餅乾。
是一只蘋果引開了我的注意，
是女管家的嘮叨和地球的重力。
反正我失去了你
從餐桌上的銀盤子中間。
空椅子仍然擺在那裡，搖晃著，
實足像個奇跡。

哦，實足像一場噩夢，一場婚禮，
給我們製造過多少缺席的困難？
多麼盲目的割草機，
剃掉了青春多餘的髮辮。
多麼殘酷，泥地上鋪展的雪白結婚禮服，
逐漸變成雕像的新娘
至死握著一束假花。

你甚至不能說是誰的錯，
你找不出那個該受責備的人，
就像你找不出一個真正叫娜拉的，
剛從丈夫家出走。
你找不出那骨頭中的觀念，那根在桌子上
旋轉又站穩的幸運骨，
能預測未來。
你找不出問題的癥結：進化的外國帶魚
怎樣擾亂了識別。
你攪混了魚湯，它變得很苦。

那麼，只有愛情本身。讓我們回到
這個大桌子前，擠上前搶一口剩菜。
飢渴的男人踩壞婦女的高跟鞋。
舅舅正在院子裡烤乳豬，
添柴禾！我從此被劈成七塊……

然而我並不相信它們的差異。
親愛的，理智又回到我們的頭腦，
就像蟑螂回到抽屜。它們一到晚上
卻外出爬行，揮舞著精緻的噩夢翅膀。

頭腦，這種小地方怎能待得住？
不祥的夢尋找新主人，尋找
新眼睛。呻吟、潰瘍、腹瀉，
人體的泥石流，洪水氾濫和精神大崩潰
發生在野餐的日子。

你在哪裡，祥祥？
我看不見你。難道我要為此扒開
一株冬青樹？
難道我不仔細尋找將一無所獲？
難道你已不再俯臥於我清冷的背？
吵鬧的腹部？
難言的大腿？
你的岩石思想曾側躺在我寂靜的長髮中間，
呼吸我沉悶的肺，我的沙漠嘴唇，月亮舌頭，
難道它也已離開？

你在哪裡？
我一出聲就把你驚飛，麻雀祥祥。
瀕死之人靈魂從你的內臟升起來
炫耀著完美。天使和神仙

爭先恐後地施展分身術

乘一隻驚恐而憐憫的飛碟。

我一出聲就把你們全嚇跑了。

稻草人祥祥。

田野裡長著疑問的苗，結著追尋的麥穗。

我一出聲就有了收成。

難道你已厭倦？

我們和著雲，加進適量雨水，

搟著胳膊和大腿。水一開，

我們就縱身跳入。難道你已厭倦這種食物？

暴雨躲在你的眉心。

「不要出聲……」

暴雨聞到了開胃的香氣，走了進來。

啊，快樂的暴雨終於掀開了鍋蓋。

打濕衣衫。

快樂電流在工程師體內並聯，走直線。

我仍然要寫。

我感覺是在給自己寫，沒有人

出沒我的筆尖，撐著鍍金的傘。

拉赫曼尼諾夫，被夾在
壽險推銷員的文件套裡帶走，
去拜訪長命的客戶。
所以，沒有人，被另一隻
琴盒裝殮。沒有人把它埋藏。
我的悲哀沒有人出席葬禮。

暴雨過後，我的歎息
沒有人把它擦乾。

好吧，現在讓我來呼喚。
祥祥，木魚腦袋，小手指。
小手指祥祥，白牙齒祥祥，唱著歌
從我的眼皮跳到我的鼻樑。
讓我來喊，羅莉塔祥祥，美男子，也許
上輩子你就是她？
壞良心的祥祥，猶豫不決地
在我喉嚨裡停住，使我哽咽的祥祥。
孫悟空的祥祥，飛進我的相思地大鬧天宮。
把一根毫毛插進我的心頭。豬八戒祥祥，
翻著面孔，從一枚鏡子到另一枚，但疼媳婦。

沙和尚，沈默的祥祥。白臉白頭髮，
讓我貼著你，就像貼著光。
膽小鬼祥祥，哭啜包祥祥，小孩子祥祥，
是我塑就你，看著你長大，
如今又變得冷酷無情的祥祥。

要怎樣的呼喚才能不讓這個名字
在我的嘴裡衰敗？要怎樣的呼喚，
這個名字才能繼續生長，開花，發散香氣？
要怎樣用力，祥祥，我們才能跨越這層牆紙
回到從前，一個夏日的傍晚，
夕陽跳著舞，和婉的風。
郵箱晃著腦袋。你唱道，
「I swear……」

葡萄架下，我們只有對方眼中的形象。
無用的輕風，無用的伴奏。快樂的
主旋律一直佔領著石凳。
我們像兩個切分音符，自上而下跳躍著，
繼而又震盪，變換位置，在彼此的腋下
尋求躲藏。

學習隱身術，攝人心的
身體融合、心靈偏移的魔法。
我們學會了遁離，在那明月
移出雲彩的晚上。

啊，月亮祥祥，我是在給你寫。
啊，星祥祥。
我的頭髮將你糾纏，不過不會太久。
我的髮卡將你刺痛。兔子祥祥，
我的眼淚將你追趕。我的目光
做成了籬笆，擋住你的去路。
啊，泥巴祥祥，樹祥祥。
你只能站住，合不攏嘴。
我要在你的身上紮根橡皮筋跳。
我要把你捏成各種形狀。
我要爬到你身上，在你的鬍子草坪上玩。
躺下，休息，吃冰淇淋。
我要吹你的眉毛，聞你的香氣，嚼著你的
每一個想法，分辨味道。
我要捉住你的壞脾氣，關進籠子，

慢慢訓練。我要鬆懈下來，

和你做同一個夢，祥祥。

糖舌頭的祥祥，一棵樹上的精靈

正冶煉秘密的仙丹。藥祥祥，

給我痛苦，同時又分發快樂的藥祥祥。

你提早回收了愛情，

是為了保全自己的性命？

礦石祥祥，金本命的祥祥，

你剋制木，而你被火剋。泥土

是你的父母，我是你的妻財。

你的力量找到了它的對象。

而最終仍化為水的祥祥。

所有的事物都來自水。你儲蓄它，

吝嗇的祥祥。水滴的祥祥，

匯成惱怒的洪峰，縮著頭

湧入我黑暗的河道，

沖開水庫的門。啊，沖垮

我嚴密防範的堤壩。

氾濫成災的祥祥。瘟疫祥祥。

我甚至不敢看你一眼，生怕傳染痛苦。

傳播愛情痛苦的祥祥，

你的工作比電腦修理工更忙。

病毒毀壞我的硬碟，而你毀壞我的記憶。

還是叫你創傷祥祥吧！

我正寂寞地寫著墓誌銘

為我們倆。在此打住……

你，我的百合祥祥，

你這孤獨的享用者，飽滿的時光中

我已捕獲了你完整的傷痛。

蜻蜓

它們成群結隊地低空飛行，
撞擊著我的腰，我的胸脯。

這美麗的災難信使比噩夢早，
比疼痛早，送還了我的警惕。

我的驚訝像一陣風把自己吹浮起來，
四處張望，尋求著陸地──一塊突出的安撫的岩
　　　石──

把激情撫平。我的小蜻蜓，
長有平庸的腦袋，不停嘮叨的羽翼；

薄而透明的恐懼和香煙似的尾骨。小蜻蜓！嚇壞了
騎在自行車上的自由女神。

今天下午她感到了蝗蟲似的焦慮，
她的丈夫正缺席，沒法舉起哪怕是想像的武器。

這些裝載噩兆和歡快打擊的滑翔機，
正滑行在她的乳峰間，繞過了她的手臂，

直達氣象中心的憂鬱藍圖，

因雨水和財富的分配不均產生的憤怒。

直達被洪水吞沒的人群，

在他們荒涼的頭頂盤旋，巡視著欲望的深淺，

判斷著，用德行和法律。

最後從人們幾乎透明的虛幻肉體中穿過。

從我的肋部穿過，

從我飢渴暴雨的密集心思中穿過。

從我的呼吸出入口……當狠心的雨滴砸向大地，

蜻蜓，用一種殘暴的平靜替代情欲，

用發動機的轟鳴聲。蜻蜓，

要像烏雲一般迅速佔領，隨後消失。

鬱金香

來自荷蘭
或者更遠的地方。
乘一艘海盜船，
躲在塑膠紙小心覆蓋的
暖房。

就像我們弱小的心臟，鬱金香，
初春的某一天，
突然塞滿整座公園。
對自身的恐懼，
這時候特別明顯。

鬱金香，我們更容易看見
你那些不為人知的姐妹，
在街區，在老式弄堂，穿一雙葉子的拖鞋，
頭髮上粘著灰——

她在訴說命運。

她或許會有更特殊的氣味？
當夜晚降臨，獨自垂下頭

翻動黑暗的百科全書。
對她也被歸納進鬱金香科、本草類，
你有何感受？

要知道她不用提醒
也在開花、結仔、繁衍。她不用提醒
也在養育肥胖的女兒，直到枯萎，
當我們排著隊
臨終告別似地從她面前經過。

短暫的鬱金香，宿命的鬱金香！
被畫進了一幅素飾的畫，
但這顯然不是她，甚至粉紅色，
也許古代是這樣，可現在
一切都在變化。

等再見她時，我們會驚訝。
黑色的鬱金香，
化過妝的鬱金香，就像
我們的思想早已變得古怪，難以理解。
就像我們的嘴唇和指甲

塗滿未來的顏色：

蟑螂色的高雅，或者大海魔鬼的湛藍。

缺乏香氣，但我們

可以想像或替代。

我們仿造一件件古董，在博物館。

在秋天，一把把動人的劍插在田野上。

瞧，鬱金香，

我們變得多麼堅強！

熱愛她，就憧憬著死在她的刀口下。

當你穿過這面牆……

當你穿過這面牆，
身事豁然明朗。
生活的失意
和煩惱像陳乾糧，
紛紛掉下碎粒碴。

一隻愛情的陶罐在距離外
借助陽光的反彈
保住了形體，
一隻懶散的昆蟲
逃避了它冬天的命運。

當你穿過這面牆，
陽光陡然增長。
好像大自然的編織物
抽出線頭，從一塊
遺漏了播種的處女地。

從這兒出發，順著時光的線索，
故事一遍遍地講。
人物被講得發白，

變薄，最後層層地疊起，
本領難以置信。

窗外，密勒日巴坐在陽光下。
他安祥地修補破衣裳。
他將他的獅子、他的馬
從軀體內放出來，
散步，無聲地歌唱。

他的存在就是難以置信的幸福。
他那尊貴的師父在扎絨，
在光芒的昨天，星的宴會上，
為他備齊完美的資糧──
送他上路。

他穿越欲望的大山，
肉體的瀑布，
生和死的誘惑。
傍晚時分，安歇到你那
美夢的邊疆。

一星期

我在小說、散文、評論、劇本和詩歌裡

跋涉，翻山越嶺，磨破了鞋。

就像周旋在父母、丈夫、婆婆、朋友和孩子中。

我的時間因此變得珍貴，生命

好像要一分為五，儘量節省著用。

我在星期一寫一部長篇小說，剛開了個頭，

它的主人公是一個瞎子，

已在黑暗中生活了大半輩子。

當然我在一天內沒法將它結束。第二天下午

我就得趕出一個短篇：美麗的女主人公

怎樣陷入愛情危機。

她們總是有麻煩，這是她們的動人之處。

星期三一整天我都在構思劇本，

裡面很多人要吵架，一會兒又和解，

我得分配給他們足夠的機會和獨白的時間。

星期四把它寫出來。那是關於婚姻的

最好表演。我坐在觀眾席上抹眼淚，擤鼻涕，

把日常生活吐進手絹。

我順便寫下了觀後感。

星期五，你知道

婆婆總會出現，她是現成的，邁著精細的小腿，

一臉憤憤不平的神情。在居委會的圖書室

關於一本書的評論

幾乎總會掀起一場家庭風波。

星期六，我得洗衣揩灰，整理房間。

製造的廢紙被成簍地運出，

我的生活卻依然沒什麼改變。

我在等待上帝吩咐過的那一天，

不用再勞累——所有事物回到它原來的位置——

休息，星期天我要休息，但顯然不能。

我的體內掀起了陣陣浪潮，詩歌的浪潮，

正驅趕我。它是我未出生的孩子，

把我從疲倦的睡夢中推醒。

再次跌入……

再次跌入鏡面般光滑的預感，
噩夢濺起碎玻璃和逃逸的痛苦。
懸崖起跳的瞬間，回望一下過去的生活，
那人背轉身，雙臂像企鵝般伸開。

那人在岸上蹣跚地走，
想這事與已無關。在他老年的軀體裡
思維的暗流遲緩，血分子稀釋成水泡
致使大海像破衣碎片，終歸要棄絕。

事物像落葉一樣重疊，掩面而泣，被他用腳踩。
堤岸果然猙獰起來，像兩隻肩膀
高聳在生命的兩端。前往或返回，
墮落或上升，限制他，讓他進退兩難。

而在他年輕的時候，灌木低矮下來，
後來驕傲將它收縮到日常的刺蝟的形態。
後來，他的驚訝毋寧說是恐懼，拔地而起，
像失去了控制的歲月。

可對於他，那卻是最高的喜悅，因為
心臟在壓力下並沒有被擠碎。
這只鱷梨正等待新的飢渴。幾十億光年外
星球隕滅表現成這個時空間中小小的呼吸道感染。

他持續地深入。那折彎的視線，在水下
漸漸適應了黑暗。壓力緩解了。海草閃爍。
他看見了金字塔，隨著隱秘的衝動——
法老浮上水面。

事故

總是從根部開始：
水泥碎裂得像網，搜捕蟬雀。鋼筋
發出磨牙聲。噪音一次動心的收穫
在秋天駭人的激情過後。

電線桿以這樣一種方式
撐靠到梧桐樹枝上，好像一個無懶
找到一位孤單的、短腿的少女。
她剛從學校出來，正背誦李商隱。

對面，六層的樓房陽臺，
一個老頭擺在扶欄上的雙手像兩只悠閒的口袋。
他的右鄰，一位婦女把那條男褲裡裡外外地翻，
掏出骯髒的空氣。表情厭惡的桔子

在頂樓，衛星接收器
剝開沉思的果皮，果核擊中
新聞節目中的報導現場，一個人的命運，
一隻順利逃開的螞蟻。

此時，畜牧學校的鈴聲穿透交通

密集的流海，煩惱的耳墜子在空中飛舞，

嬉笑，敲打空調車細嫩的窗戶。

幾十雙眼睛同時對恐懼作出反應。

幾十張嘴巴張大成核桃，堅硬的危險哽在喉嚨口。

想想我每天都要經歷的這一切，它們隱而不露。

想想我像監察員似地觀望，皺眉，用鉛筆頂著空腦殼，

讓行人和落葉從腳旁謹慎地繞過……

失眠

一小時接著一小時，在這本該離開
進入另一個更隱蔽、更安全的房間之際，
你興奮得像一鍋煮沸的水，
心臟裂開表層蛋殼。
那光滑的白色河流突然縱橫交錯
在陌生的土地上抖動，
掙扎著想要起飛。

你感覺是躺在月球而不是普通的硬板床上。
你曾為浪費了三分之一的生命痛心疾首，
現在寧願搭上另外的三分之二。
內心的競賽將失重的跑道縮短，
你的心，這狡猾的運動員左躲右閃：
攀著肩膀，後又竄到雙肋。
堅硬的石灰岩把肱二肌注滿，又模仿。

在你頭頂，那冷漠的衛星曾罰你出局，
那精緻的人造基地把你送入另一條跑道。
你張大嘴，用飲料洗臉，吐出牙套，
戴上宇航員的頭盔——
無休止的探索使月亮的床板

發出絕望的「咿呀」聲。
而硬如柴禾的你
眼看著時光陰影下的拖鞋
從交叉的大腿邊緩慢地移走。

無題

這個被拋棄的女人，變得沉重，
為空氣和柔軟的光線所不容。
當她下沉時，翻了個身，
遇到夢的氣流，像片樹葉
緊緊貼住地獄的通風口。

微微地顫抖。但並不恐懼和驚愕。
她好像在兩個連續劇之間坐等。
醒來後再想法進入同一個夢境，看見同一個人，
跳開、旁觀，讓細碎的海浪
衝擊同一個疼痛處。

腰形的岩石，鳥羽一般展示的頭髮，
風朝它猛烈地降落。
有塊鐵絲做的罩網
床墊般忠實地托住她縮小了的身軀
不被吸入。

黎明支撐著野餐的烤架，
僵硬的炊煙，友情的
流水，熾熱的風景。

它們不斷替換,屈辱而討好,
彷彿來不及洗臉和梳頭的僕人。

如果她願意
此時正好來參加。生活
又將重新變得蓬鬆。
樹枝亮得合不攏嘴,放出一隻緩慢的昆蟲,
她起床時就能抓住。

在夢的結尾處……

自我管束。小學生般一哄而散，
逃向左右起伏的、抬高了的公路。
嘰喳作響的麻雀電線桿在兩旁閃開，
變小。隔音壁劃過汽車的皮膚。

這迅疾的差錯使命運在某一刻急轉彎，
面朝它來的方向。外套脹得像個大蘑菇，
還有乳房和快速的思索。這迷戀
器械的飛行，從頭至尾處在氣候的控制中。

回暖。我的呼吸回到它熟悉的房間。
然而迷戀器械的飛行並沒有結束。
甚至速度，需要一個持久而耐心的汽缸，
我的肺在醞釀，長出美麗的清晨的濃霧。

我的理智接受訓練
在無數次重複的失誤和迫降中。
哦，晨曦輕撫我的臉，
摘下頭盔和手套，微微地喘氣。
我的歸來驚險得就像一場突如其來的暴雨，

和平靜下來的雲朵。

小小的惡事

總有一隻小蟑螂爬進我的杯子，
昨天是他的兄弟，今天是他自己。
好像日子就該這樣輪番不息，
又厭倦又噁心。
眼看他躺在那兒（多半嚥了氣），
好像這是一個乾淨的
適宜仰泳的水池。

我不知道它是怎樣進去的，
怎樣屈膝，擺臂，完美姿勢，
怎樣試圖勾引絕望者，
把死亡的經驗弄濕。

或許這是他生平第一次
享受到最迷人的浴具。
光滑得棘手，白得
就像要把自己加速，壓入
永恆的休閒狀態。
我無法肯定：

堅硬的水的跳板鋪成平面
是否暗示著命運冷酷得光滑？
波浪像一根根束髮帶
拉緊他後悔的眾多觸鬚，
就是為了不讓他在墮落中沉沒？

沒有比這事更令他快活，更津津樂道──
準時出現在我的視線裡。
就像按他的命令
我每天梳落一大把頭髮，
緩慢而奏效地衰老，
或者由於恐懼
開始糾正自己對另一類生命的的嫌惡感？

他如此嚴肅地刺探我，
用他輕率而年輕的生命。
他糾纏著，無聲無息，直到我倒了他，
連同整隻杯子和一個早上的安寧。

1998年／167

憂傷的用途……

像花粉擴散到這個季節的快樂鼻息中去。
像驚訝回味著溢出毛孔的源泉。
你這沉靜的容顏從樹的中心開始
轉變：角質的思維和纖維的觀念。

你護住固執的外衣，苔蘚的氣味
把幽暗的木窗遮掩。
待秋意漸涼，雜草袖起歪斜的手臂，
泥土縮緊雙肩。

貼著牆跟走──你這看不見的昆蟲，
變成過冬的蛹藏身於窗簾
和粉飾一新的語感。
縱深的覺悟擠出最後的花朵。

枯葉中的你，揉搓後
殘渣所剩無幾，這純粹的智力的形體消散。
善意的呼吸垂落兩邊，
估算它獲得幸福的重量和升入迷狂的時間。

一次等待中的會面

飛機好像偶爾粘上衣服的跳棋，
又被輕巧地摘下來。
我正好走出這一步，去北京看你，
坐在機艙裡，腰繫一條短暫而華麗的安全帶，
表情麻木。

從檢票口出來
還雙腿發抖，它們得花一輩子的時間
彼此辨認。觀察著道路，
在隆重的回憶中
這個感覺讓我戰慄。

哦，我從沒見過你，卻熟悉得生厭，
好像一個人自出生起
就攜帶幾個行李的頑固觀念，浪漫的秉賦，
它們使我變得沉甸甸的，
頭腦卻空虛，

幻想一種不存在的顏色，它並不因為
多次的盛開和萎頓而改變。
它閃亮得就像釉質花瓶，映照出

臉孔的一陣紅一陣白。
而我那帶蕊芯的腦袋卻害怕得直往下垂。

我是你尊貴的客人,既羞怯又犯愁,
塞滿整座房間,發出讚歎聲,
使你無法在四周從容地飛翔,
瞭解事物的本身──我們終將獲釋
在那令人驚愕的一瞬間;

我將使你對招待感到厭煩,
只是一個勁地指給我看
自己的頭髮、瞳仁、門齒和耳輪,
把存在著的、虛無的東西往我手裡塞。
並讓我相信,我們會死去,只在另外一個什麼地方
才受到正式地接待。

後來我沈默下來,而你拍拍手,嬉笑著
朝我走來。僅僅胳肢我
儀式這麼簡單?在那歡快的
躍起聲中,你是否認為
我們已經得到了赦免?

傍晚的天空

傍晚的天空，這隻少婦的衣櫥大開著，

幽暗，充滿奇裝異服的雲彩。

就像浪費成性的風

疏懶，從她一生的各個階段挪向這兒，

集聚並懺悔，皺成小巧的、苦惱的臉。

後又任性地放寬，舒展至

被樓房壓住的褶皺和纖細的晚霞。

哦，多麼不可思議的歲月

已將它染黃，變脆，拼命擠出一道女性的尊嚴。

致使它既不能說也不能動彈，

彷彿一座母性的雕像

為難地沈默在廣場和地鐵之間，

空曠得晃眼，藐小得讓人驚歎。

多麼不可思議的事件循環上演，

填塞著，耳朵緊貼耳朵，出乎我們意料。

大劇院開啟又合攏，對逝去的時間

視而不見，表情羞怯；

對未來愈加閒散，好像架到它懷裡的絨線針

悠然挑起幾根高壓線。

寒冷的早晨

風搜刮著樹葉，房屋胖得走不動。

在狹窄的白石小徑上每天重複著

腳步，聲音耳熟，空氣微微地散發

寒冷的清爽的黃暈。

就在此刻停頓，駐足，像松樹一樣成為

郊區的景觀：一堆心靈的亂石，一叢折磨人的雜草，

它們讓黑夜邁不開腿。

而我在黎明伸展身體，堅持著，

直到太陽把所有事物收復。

直到南極把它的洞穴擴大，讓另一個太陽

鑽入地球，熊熊燃燒，來代替我的焦慮。

初
冬

氣溫沿著枯萎的小路奔跑，雲避閃不及。
碰撞冬青樹，生下這半含譏笑又熟練的風景。

母親坐在椅子上做針線活，瞇著眼，
把布剪碎，或將閃亮的睫毛縫起來。
她不緊不慢，也看不見落日
正從臂彎處嵌上一圈白線，然後裁小。
她會說，生活本該如此：
即使沒有用處，也不能浪費；
生活什麼也不會錯過，
就像四塊方向相反卻對稱的褲片。

父親正在廚房裡煎鯽魚，
一小時前它還在池塘裡逍遙，
現在雙方都遭受同一種陌生的恐懼。
漲紅著臉，從腮中打出一個噴嚏，直至抿嘴微笑，
因為他們都獲得了暫時的經驗，
一半來自死亡，一半來自對死亡的讚歎。
他們對視了一陣，又都放棄了。
轉而追逐那誘人的香味，
翻一個身，確認各自的位置。

1998年／173

我站在另一個房間中央，無所事事，觀望牆腳，

幾隻小鳥長著茴香似的腦袋，

使結出果實的收攏的耳朵重又戀愛。

我聽見滴水的聲音很難說不像在燃燒乾柴，

而初冬的氣候也讓人聯想到晚春——

暮色中，林蔭下的一條石凳

曾把我們緊緊連接。

如今它顯得不耐煩；

如今夕陽每況愈下，

造出我們分開的影子後就支撐不住了，

只得喘著氣，躲進這衰弱的窗戶，

從此再不出去。

秋天的境遇

1

秋天，這季節的總統
來了又去，身後留下擠落的鞋，
盛大的議論，煙火碴子似的人群
在沒了棱角的地磚上小跑，
一株永遠行注目禮的脫髮的白楊……

秋天，這沒落的欲望——
敦促時光縱身一躍
躍上屋簷，用無能的心情
砍伐生命中最柔弱的光線。

最銳利的
私人陽光內部的爭鬥——
勝利的火焰彷彿木訥的粉紅色芙蓉
佔領了花圃，先於玫瑰或豌豆。
瞧，這夏季最優秀的植物，肥大的外國上衣
如今已出現裂痕，顯得傷心、寂寞，
紅腫著眼皮，縮小著嘴唇，
卻仍在不停地唱歌。

牙醫和施工隊從口腔

一直爬上頂樓的硬齶，使用同一種工具

賣力地鑽研，折磨洞穴裡的妖怪。

四處噴濺的卡拉OK還將打發他們受譴責的餘生。

在毀壞的地下水管附近，在改建的年齡附近

挖出一道道溝塹，另一部分歲月被填塞。

孫悟空和紡織娘被逼了出來，跺著腳，

手遮涼篷。多動症的脖子比電扇轉得快，

卻沒它來得優雅。

知了在不停地叫著他

操勞而遭箍咒的時運。獨身的腿

輕輕從雜亂堆放的光陰石頭上借力，起空，

翻跟斗，手工操作

增大時代的難度。

什麼事可以一個人做？

什麼人將獨自完美，

他的腰，他那有花紋的閃亮的駝背？

他那吸附權勢織物的六條細腿，

後來又演變為護送經卷的儀軌？

他晦澀的文字脈絡，
他簡捷的實踐的根？
什麼命運將會更好一些？

葉子長長指甲，小腹又多了一圈年輪。
香氣追逐著香氣，哦，虛偽的日子，
風有著麋鹿一樣的表情
緊緊跟在身後。

秋天在一棵樹上站穩，底下，
他的妻子哆嗦著四肢，抬起眼，小聲吩咐。

2

雨中一隻舊沙發，浸泡著
桂花的香水，膨脹到
懷念的極權。一個管垃圾的、
幸運的老奶奶坐在上面揀豆子、發呆，
想起她不孝的子孫，因為一次錯誤的投胎，
如今總算熬到了重新選擇的機會。

如今她高興地戴上老花鏡，死亡的手套，
集中注意這次關鍵的篩選。

往空氣中投擲，空氣就微微地震顫，
像一座時尚前沿的陽光雕塑。
那看不見的物質爭先恐後
圍住了她的肩膀，她瘦小的痛苦。
秋天不再抱怨，不再加入。
地獄的篩孔一定像天堂的那樣小，
過濾著悲痛。

往事在耳畔轟鳴，飛到她
無法動彈的記憶深處。
快樂和傷心事一樣
跑向她搆不著的地方。
一個孩子溜著旱冰經過。在她的周圍
靈魂以令人擔心的速度被摘取，
隨意地扔進淘籮。

下午她還將經歷一回──
有人把她像搬一只舊沙發似地

搬出房間，扔在弄堂口。
那是在綠化的邊緣，比貧窮還要近，
比親戚還要遠。
在那剪紙似的小小空地上
等待日日夜夜的重複：

淋濕，變軟，腫痛，隨後曬乾，
清爽猶如彌留時分──親切地死別，
安詳地走出軀體，在病房裡散步，
琢磨救護人員的眉頭，傾聽眾人
歌唱似的哭聲。
最後，願望像莠草一樣收斂，
信仰像傷口，長成盆景所需要的小腳。

3

而我們將等待更久，從邁步學語
直到中年形成多餘的枝椏，無聊的
需要修剪的習慣；
從澄澈的天空，知識的紙鳶，
到註定要代替雲層的

人工噴霧。只有經濟艙的、庸庸碌碌的飛機
在裡面遊溫水泳。
我們不再怕冷，因為有物質的空調。
我們關起門來嚼口香糖，隨後吐出思想，
對，思想必定要在假設的練習過後。

辦公樓麻木的標高燈在黑夜裡眨眼睛，
它們指望被錯認成星星。
偏見的月亮也沒露臉。

擦拭後才敢坐下，擦拭後才敢往玻璃杯裡
灌注飲料，觀察營養成份。
水果被榨成維生素汁，黃豆中
提取比黃豆更廉價的激情。
好像生命必須的是營養
而不是信心。好像毀滅
不是來自恐懼和邪惡，
而是某種有智慧的高深的疾病。

護士把更多人納入她職業的懷中。
想想逐漸開闊的街道，死亡的輪子剛剛滾過，

另一輛卻賊似地開到門前
滿載僥倖的毒品，
於是我們借助電視光線繼續
謹慎地過著瘋狂的日子，夜晚，
就在猥瑣的軀體中悄悄躺下。

又是一個陰雨的天氣。
偉大的預報需要反向領會。
我們往高跟鞋外包上護雨套。
「走吧！」或者「跑！」
小孩長出日本動畫片人物煤球似的大眼睛，
頑固地停留在觀察中了。

哦，秋天陰霾的心情，和印象派
修飾過的外表可不一致。綿綿細雨
此時正斜躺在後宮的床上呢。
對古典的復辟使這個秋天
長出了馴鹿的犄角，
色情的海豚皮膚，
迅猛龍西式的牙齒，
和六億年前的草履蟲，

它們總是漫無目的。
渴望衝撞的珊瑚叢也被
傳統大海的臀部淹沒。

雨點透心涼，
而女人剛脫下少女的時髦馬甲，戴上
斯文的假胸罩。
男人使用春心丸、臥室工具，學做帳房先生
掌管金錢和愉悅，欲望的收支平衡。
當你感覺絲綢的寒冷時，
證明青春已逝去，多餘的胃口長出來。
精心修剪成圓形的冬青樹的肚子
吞下多餘的情感碎葉。

傘永遠是後置式的，就像愛情
對於變態了的肉體，在空曠的
神仙的花園中，焦慮地左躲右閃，
避免和他們過多照面。這些看不清面容的外鄉人
除草、鬆土，用洋瑰替代菖蒲，
用火炬冰淇淋替代旋式古海螺，
用健身器替代散步，在那風景的微暗時分。

而黎明將腿翹到肩上，蒲公英倒立著。
給我們貧血的嗅覺堆上扭捏的化肥吧，
給老人新砌冷酷的石凳！
一架胡思亂想的鞦韆，虛弱的信仰體操，
一張定期的、吝嗇子孫的十年期樹蔭。

4

唾液變得有點異味。

哦，秋天，你的身體
和頭腦處在共同的秘密中，窘迫的沈默中，
擁擠的大雪還未出聲的喊叫中。
昆蟲的臨終贈言，和
風的垂死婚姻裡
樹葉的最後彼此傷害。

我驚歎它們窸窣的呻吟逐漸變響——
重又哈氣、拭抹、打開
老式的音樂盒

「騰」地一聲彈起，像大潮汛中一面
嚴厲的水牆。有情人分兩路走。

我還彷彿聽見
有人在遠處關門，離去，
寧靜的空氣開始敲打，行李變輕，
腳步聲過早被主人沒收。
那個乖戾而癡迷的主人
戴上灰塵編織的帽子。

我又聽見有人回來了，躡手躡腳，打著呼哨，
好像一艘意外出現的
從北極駛回的船，
正從凍壞的喉嚨口吹響奇跡。

繼而又低沉。又消失，等候瞬間爆發。
等候怒火、謾罵、惡毒的嘲諷，
祈求，然後是眼淚，快速的悔恨……
花上時間和路費，我們去錢塘觀潮，
而家中，庭院裡，作為更快速的報應，
你的床早被遺忘的潮水浸濕了。

漂浮於想像之上的完美的船隻。秋天，
漂浮於自我憐憫的淚水裡。
一隊隊淚珠盲目得極易受騙。
床套的漂亮花紋湧向它
更華麗的夢的邊緣。

秋天的真相原本清晰，如今
卻要依賴那甩動兩條黑暗長辮的
神秘的解說者，女導遊，奪取又獎勵的
命運的沙灘，礁石不斷出沒……
我們只能凝視、徘徊、揣測，站穩，
往好處想。啊，挖掘鬆垮而有雜質的履歷，
拾到去年漲潮時留下的堅硬而發白的貝殼。
它們多像你的耳骨，杜鵑花，執意地聽著，
默默無言。它們
是你幾億年前用過的軀殼？

早晨，你伸展手指，指甲正輕輕地低語
剔除幻影。讓它自然掉落，
就像裝扮成草地的成片綠藻，
呆滯，卻不寧靜，

夢想一次冒險的復活。

你翻身，踢腿，凌空抓住一個噴嚏。

有誰在議論？又有誰在想念？

聞一聞異性的氣味吧，

並把額頭貼在上面。

手掌嗅著驚訝的落葉，合攏掌紋

握緊這最宜人的變遷。

閉起雙眼，入迷？還不如說等待饒恕──

我知道你懼怕歡樂，

那難以忍受的歡樂。

5

秋天，被季節追問的女人，

如今你的裙子掛在樹杈上，頭髮飄成柳絮

記憶中的形狀。快樂的聲音

撕毀樹葉的紙張和約定。

螞蟻的隊伍被打亂了，

從春天開始，它們就在尋求違約金。

抗拒生命的懲罰將被雙倍制定。

那個愛情的神話

仍在屋頂上輕輕地走動，不時在哪兒敲一下，

整理好它的工具。

人們抗議過，妥協過，如今卻想徹底忘記：

下一代將從腋窩或肩膀上分娩，

好像一個成長的影子

從智慧的母體游離。他微笑著

把家鄉的景像呈現。心靈的目光

能把兩個人催眠，固定在寧靜的美好中。

紫色的光或是白色的光

縮小著他們彼此的距離和差異。

更細膩的光。比本身更大膽的宇宙中

時間散發出永恆的香氣。

食物也是香氣構成的，還有城市、街道、房屋。

牢固的香氣構造的家。

一隻狗暈眩，一條河昏迷。

當施工隊離開的時候，

海浪也從爭吵中撤退。

一個孩子不停地看著候鳥的舞蹈。

候鳥在起程前開始給每個人

分發他原生的配偶：

「他（她）才是你分享密秘的人呢！」

「告訴我他（她）在哪裡？」

於是人們亂作一團，好像在爭購配給糧。

戰爭到來，不過那是一場甜蜜的戰爭。

居室再也保不住

它冷酷而淫蕩的結構。

世界性的騷動把月亮擠了出去。

你，秋天，卻仍然站立著

拍拍粘滿麵粉的手，憨厚而仁慈。

你看見每戶人家都有人

在打點行裝，扯壞結婚照，說些絕情的話，

「永別吧」，他們排著隊，人字形，或一字形

急切而又幸福地趕赴

那最恰當、最般配的另一半，

呵，他生命中最珍貴的溫暖的原形。

水被遺棄了。上面

遊著怨恨的天鵝與荷葉。驚恐的魔法師

瞪圓雙眼，迷惑地，癡情地一籌莫展，

後悔他的技藝。

因為人們絕望過後就要瘋狂地投奔（簡直是一場大

　　遷移）

秋天——你那哀戚的胸懷，

兩朵雲，遷徒的鳥，

緩緩轉過身的寬容的背景……

1999年

蝴蝶

讓我們觀察針尖似的生活：

地圖展翅於現實之上，
記憶謹慎而專注地扇動；
花紋般地歎氣過後，
你站起來穿好一件美麗的衣服。

從一條街到另一條街往返搬家，打掃葉面，
灰塵正不停地聚攏，思索。
每當降臨一個人的經歷，一對枕芯
或是一本打開的書，身體幾乎看不見。

茶坊裡，思想的標本配上了裝飾鏡框
並排慰籍著，而蝴蝶
隨光影灑滿地板，議論紛紛，吵嚷著，
豐富得虛幻——

我們是否感到了愉快，
假如僅僅在身外收穫短暫的花粉，
衝撞花瓣的牆壁
並被彈回，一次又一次甘冒死亡的危險？

假如靈魂早已破損，
稀薄得難以繼續起空，
為什麼肉體還要堅持吮吸，
咬住春天的藉口不肯放鬆？

所以事情越到最後越是難以置信地迅速：
被一片雄蕊和雌蕊組成的林子遂出，
滿懷敵意和隱痛，直到日暮，呼喚影子同伴
並在撕裂後的平靜中，優雅地墜落。

昨夜，春雷滾過……

昨夜，春雷滾過，如同一張床
或是一架鋼琴在天空移動。
就像愛情總是來了又去，
琴蓋中遺落散亂的音符。

巨大的白玉蘭樹葉
奏響簌簌的淚水，狹長得刺眼，
又似花朵般地歎息，重複。每到這個季節，
風總是既驚異又顫抖。

昨夜，雨不停地下著，
在枕邊，在空寂的房間，
滴水聲就像壁爐裡的松樹脂盡情焚燒。
我感覺生活正被燒得縮小，

捲起了邊，收藏好；
我感覺它在黑暗中悄悄老化，
而且潮濕得呻吟，發出讚歎聲，
彷彿一隻鬆弛、聆聽著的耳朵。

昨夜，一輛汽車在窗前嘎然而止。
可我知道自己並不會因此消失，
就像煩惱，總是愉快地啟動；
就像心中的某條魚，某隻誇大了的蝙蝠。

昨夜的雷聲平穩，呈淡綠色，
那是一架飛機在它體內緩緩地開過，
然後遠去，到達天堂，又從屋頂到屋頂
徑直帶走我的寂寞。

酷暑即將來臨

沉悶的午後總是抽打榆樹，
椋鳥的瞌睡沉重，
因為它們的數目。

聚散，沒有理由。
成批地降臨吧，暴雨，
低垂的心思正把情欲催促。

它們啼叫，跺腳，
扇動小翅膀，
深呼吸，並在空中停住，
抓緊有限的憤怒。

我知道它們最終的去處。
我甚至知道它們著陸時
可能產生的驚恐──

如果這破爛的尊嚴不能承受，
就指望那空虛的肢體
被邪惡捧倒，
讓它們自由地通過。

蚯蚓

他盯著腳尖走路，
而道路盯著他的觸覺。
小徑長有濃密的毛，向四周延伸，
直至碰到時間的障壁返回。

他因此變得狹隘，嫉妒，一段肉體
分不清頭尾。好像這斷裂的深秋；
好像一根折斷的繩子被遺棄，
能夠復原，將是他唯一的用途。

他難看地粘在地上，固定於
兩所房子之間，生死之地，泥土舔著他
發黑的身軀。而他發黑的姿勢，
癡呆的習慣，

瘋狂地產出一撥枯樹葉的風景。
這個夏天他已經曬飽了
熱光浴，如今該高興
驅向昏暗而乾癟的內心。

他模糊的腑臟也打點好，
細密地捆綁成一隻線襪。
天堂的禮物將他充實，
高高懸掛在凋零的聖誕樹枝上。

他認為並沒有所謂的上升和墮落，
前後，只不過是運動的欲望。
他也無所謂粘滯，
鬆懈的泥土便是他的行蹤。

他總是不加選擇地躲進
一間房，並決心受他的
籠絡和供養。和死亡
親近，從不討價還價。

那兒大開著窗戶，門板扇得直響，
劈啪的雨鞋對他來說
多麼危險？又多麼光滑？
他從來不用費心去躲避。

後來，他發現他的心
不止一個，就像身體
也不止一個，正從靈魂的
任一個毛孔裡生長。

他的影子，氣味，還有他的聲音
堆砌在空中，而他的生命力
彌漫成煙的形狀，
突圍出去，尖叫著。

水繼續秘密地滲透，
而他的皮膚鬆如泥土，
喜好反省，自責，雪崩，
露出活著的證據。

最後，他的雨點清涼地
傾瀉而下。那是蚯蚓的雨點。
終於打落往來的意志的風，肉桂樹葉，
靜止的香氣。

臨江公園

臨江公園位於海的開關，呈剪刀狀。
江水絞起混濁的坯布，遠一寸就是大海。
船形熨斗把地平線
緩慢地燙平，
陽光的褶皺打到臉上。

臨江公園在遊客的把握下，微微輕喘。
雙腿收斂起浪花，下一秒就是危險。
梯形堤壩墜落著
失望，無聊，和遊人的風箏，
大好春日忙於觀望。

你說你目睹了死亡，一個陌生人，
還有一個同學。就在我們身邊
一個朋友又酒醉昏睡，你已經完全能坦然。
但為什麼如此吸引人的成就，彩衣和落日
要佈置到我們的周圍？

於是——
臨江公園站起來，異乎尋常的高大，
空虛，不快地離開。

九月的一個夜晚

我溫順，暗淡，微黃，
那片瑣碎的桂花林
才會朝我走來，把我擁緊，
並抖動它簌簌的香氣。

我沈默，閒散，奢侈，
甚至靜得聽見月亮
轉身，才留下響亮的浮雲，
照耀我昏睡的聲音。

我驚訝，喜悅，遁逝，
同時打開心和窗戶
走出去。這個夜晚如履平地，
一直鋪展到天際。

它的頭輕輕暈著，許多星星
開始往後撤，好像一場立體電影；
可它的座位還在黑暗裡
重得發怵。

1999年／201

我心慌，紊亂，找不到自己了，
彷彿不同的夢境中，
意志總是越來越淡，
越來越脆，渴望夭折。

我在自己的呼吸中無法行動……

我在自己的呼吸中無法行動，
你的意志將它挪作它用。
難道我的思想也早已不屬於自己？
好像聰明的盲人正在睡夢之中。

你的手中除了看不見的詞語，痛苦的呻吟聲，
別無他物；你的鼻子也許幸運一些，
擁有天國的氣息？

你的腳支撐著靜謐的速度：
世界在那枝柔弱的蓮花上飛馳，最後的秩序
將從它的頸部一瓣接一瓣地剝落。

那最先的和最終的——我驚詫，惶恐，
抑制不住尋問：我的命運是否也如此鬆散，
缺乏形式，好像虛無的蒸汽，力圖
增加雲層的厚度，卻終歸要失去自我？

當我坐下來……

當我坐下來
想像世界的美好，
電視裡一頭健壯的河馬
正在海底走路。

她穿著毛皮大衣多麼優雅，
顫動的生命力
一直鬆弛到腿骨。
她在每一處走過的地方
都扔下一隻泥碗，
好像月球上的腳印，
它們很快又被海水吞沒。

它們很快被記憶抹去。
儘管水質清晰得就像太空氣流，
而我們終因憂鬱
變成隱形的魚，懶惰而沈默。
用不著去收拾飯桌。

一切看上去多麼不可能？
想像我這樣坐著，

一直坐著，面面相覷，
直到飄浮起來。
彷彿一具歡快的骷髏——
快樂成了快樂的重物，
哦，接住！

哦，幸福！
一切都是那只
剛剛躍起的
海豚。

2000年

內心的風景

春夜的靜謐
分泌出幽香，
鼬鼠在出洞。

風，穀粒般揚起，
海浪擊碎後
又平伏。

你退卻，不樂意，
看著自己的頭頂做倒立。

圓形的肉體重又回到
它的出生地，
粗糙，骯髒，難以收集；

這樣的房間總顯得擁擠，
靈魂加入了進來，
飛舞著，
一同忙碌。

遠處，大馬路夾著鐵軌跳躍，
森林公園的白色影子
害怕瘦身運動；

盛開的水滴狀花朵
被不朽的黑暗
玷污，被燈光舔濕，
被臨摹，
此時，黎明永不會到來。

你討厭入睡，把自己
交給無動於衷的知覺，
呼吸的出入；
你討厭夢。
沙漠淹沒了大海。

阿彌陀佛
拯救我！
從過去了的未來。

2000.3.23

春天奏鳴曲

風冒著清涼的煙
在咳嗽，小聲說話，
擴大同心圓的喇叭
掀翻一排自行車。

睡眠的湖中，主人聽見
這個早晨嘰喳著
獨自起床，滴下身上的水消瘦，
滿懷希望。

鳥兒在忙著打呼哨，準備樂器。
而房間沖出淩亂的夢
躍入了半空，將疲勞的自我
折疊並儲藏。

蓬鬆的灰色夾入街區，
被壓實，難以抗辯，直至
溢出下水道的水——
煤爐時代理想的黑暗終於被過渡。

雲層彎起老人的背。

這簡陋的天氣

把生活煽動，漫無目的地吹，

費力地點燃熱情；

紛飛的雨突然揚起

它僥倖的棕紅色，

在乏味的房頂

打成小卷兒，並四處解救。

這情景好像等待捕捉的注意力，

不管你願意不願意，春天就像

渴望獲得法術的女人

正在梳理她的頭髮和緊密的心情。

她在重整那個不朽的決心：

長壽的風景

加上長壽的時間

都要納入她的管轄。

她日復一日擦拭著
鏡臺上的灰塵，
幾宗情感的印痕，
被精心抹去。

還有其他泛白的雜質：
床單的純潔，
或乾淨的白頭髮。
慢性的恐懼是多麼有營養？

靠它滋長幸福的錯覺。
罌粟在後院秘密地種植
並開花。對健康的信仰
終於使她放棄了永生。

一束看不到來源的光線
穿過貝殼，蕨類，克隆人的
單細胞——歷史的簾狀長廊——
將她拉往天堂，

或者其他某個小地方。

是否真的不在乎，她盤旋時的噪聲？

此刻這些細小而重複的雜音，

久久停留於變化。

2000.3.28

邀請

邀請到你家，到那渾身透亮的
大鋼琴裡去做客——在鍵盤上
學打字，在電腦裡學寫詩；
自珍稀的鱗莖學習陌生感
或某種不存在的生活——
它們在音響中正熟練地組合。

邀請到小鎮，大平房以懶散著稱。
陽光裹著小孩躥進躥出，樓梯速降為閒暇，
僵硬地直達快樂。
舒適的擺設，貢品似的水果，蠟燭火焰
敲響崇敬的心跳，
丈夫彈奏安逸的床鋪。

朋友們收看健身節目，養烏龜，有時是大海，
撿便宜的小波浪帶回自家的庭院
飼弄；合乎禮儀地爭吵，回心轉意，
直到畸形的盆栽植物。
你是多麼機智，不能再機智了，
眼淚將小手腕洗了又洗：

潔白的小情調也被邀請，還有
青春期剩下來的誓願的軟弱，
它們全成了你的食客。
你將愉快和悲哀嚴格地瓜分，
放在盤子裡，並將愚蠢的死亡的消息剔除，
任它踩響琴內包著絨氈的木槌。

呵，邀請到時間的最表面
療養，將生命盡情地滴落！
「叮叮咚咚……」你能肯定
你理解那最終的、絕對的安寧？
再也用不著猶豫，閉上眼睛，
就能準確地觸摸到這排幸福？

2000.3.30

傍晚

花朵，天堂的鏡子
照出它每一瓣相同的意志
和細微的改變。
我們抬著臉等
那原初的形象呈現
在這春光迅逝之時。
親愛的，請準備好！
道路像一把閃電將在遠處散開，
請找准許多鑰匙中的一枚。

雨還沒有來。
大地芬芳的氣息卻將我們淋濕，
從內心到皮膚，
從房屋的骨骼縫隙，到
正在復蘇的指甲，頭髮，小面額的靈魂──
那過冬的樹葉
精明得發綠，使人心慌。
它像一汪安靜的水懸掛著，
懷念月亮那口深井。

親愛的，請準備好……

閃光的時刻不會太多，
漆黑的兒童正貼緊屋簷四處跑動。
他們忘記羞恥，赤裸著成長史上的
疾病，生育出陰影。
我們安靜的時刻也不會太多，
假如你不小心睜大你的眼睛
去傾聽人們無休止的歎息、悔恨和折磨。
去戀愛，信誓旦旦，把沉重的雲朵
抱緊在前胸。

親愛的，我們的時間已不多！
幸福生活正墜落──落到井底去，
眼看著銀子跌碎──你知道怎樣挽救嗎？
你知道怎樣匆匆趕上，
屏住氣，又要顯得平靜，從容？
我們將變得多麼潤滑而順暢，
好像跑靴上的一道拉鏈，
「滋──」的一聲把寒冷略過……
我們將變為這嘲笑人的、透徹的風。

2000.4.3

思念

思念，你這驕傲的器囊
早已鬆懈，打著灰皺，
好像寧靜的空氣
需要燦爛的陽光來抓緊，
彈一彈，放飛至昆蟲的世界。

滿天滿地地歌唱，因為愛情
那難以描述的喜悅。你的面容
從浪尖浮上來，流動著，
卻不曾反悔，好像白色的月亮
被甜蜜的回憶所崩潰。

好像我完整的靈魂
多麼容易粉碎，每當
灰塵般的水珠砸向礁岩
——如此唯美的花序被打亂——
它總是率先得到獎賞般的洩漏。

同時也把陰鬱的心情
從荒涼的沙灘上撿回來。
遊人徘徊在小得不能再小的深夜。

什麼也看不見，濃黑的遠景中，
我恐懼得就像一個逗點。

岩石敲了一下，又一下。
還好你舉著燈珊珊而來。
這每一秒鐘的疑問催得有多緊？
此刻，捲起發條的海浪重新鬆開來，
揮發，凝滯，形成羞愧的愛液。

2000.4.11

颶風的早上……

颶風的早上「呼呼」亂敲門，扇動
我的風箏心臟。它劇烈地幻想，
要上天去；要毀滅，
通過這灰白的寧靜的力量。

命運的喊叫聲那樣冷，
發著光。我並不去理會
它擠扁了的胸脯，貼在
欲望的風景上。

也不嫉妒，颶風的早晨，許多人的運氣
朝自己降落，還有那些
誰都不願相信的災禍。全刮下來吧，
任它們戀愛，矯情地對抗！

許多小販在發怒，在發黃，被烘焦。
整個鄉村搬進了市郊
搶奪——這部車子有點鏽；人們忙著
把家搬往月球。

這安睡的房子也
開始在它的歲月中
發芽；幸福地長胖；下蛋
自微翕的玻璃窗。

明亮的恐懼在搖晃──
它女式的窗簾旌心蕩漾，
彼此糾纏著，結婚，
生出合法的桃花。

她們的雙膝調笑著，尖叫，並享受，
忘記了罪惡的懲罰。她們被虛假的歡樂
慫恿，慢慢變硬，
如同兩株扭曲的難看的老藤。

2000.4.10

我所知道的某個時刻

四月，春光被大量虛擲，
到處扔，好像一塊塊
雛形的金屬，
沉重，卻掠奪了時間中
最幼稚的成份。

一張小照片就能把
樹葉的波浪釘在半空，
攝取它們柔軟的靈魂。
樹葉，波浪，不知哪個呻吟者
發出了大響聲？

夜晚，這把斧頭多麼重！

它的木柄上殘留著
植物戀愛過的氣味，精子的香
在黑暗中狂奔；
迅速擴散，好像
一片突然出現的田野。

急剎車。倒退至耕作期。
你拒絕開花，傳染，交媾，
結出無用的果實，才有力量
使這濃縮的美景
劈面砍下──

既不遠，也不近，正好罩住
內部的慌亂，和表面的寧靜。
你清晰得如同一座自鳴鐘。
它視窗中的流星雨，
多麼密，多麼不可能被看清！

受驚的人群因此絕望地熄滅於
各自的內心。也許一切原本就不存在。
你又想著如何把自己的內心也熄滅，
那樣的話，會不會從此走入
一個嶄新的天地？

在那裡，夜色不屑於彼此暗戀，
使各自的影子過濃，過綠，
重疊為地獄；或者

一棵樹去追逐一匹馬，
那也是大自然不願你更深入的秘密。

「來人吶！」最後你呼喊，
但作為回答，本地方言聽上去
多像葡萄牙語（是否含有葡萄的牙齒）？
要麼就是日本人怪腔地朗誦俳句，
奈良口音細嚼著你的母語。

等所有恐懼都停下來後，你才得以脫身，
把汽車留給老虎，把自己的生命
隨意揮霍，因為它不止一次，
每一次都很相似，也就可以
同時降落，傾瀉不止。

所以，今晚照樣會不留痕跡地過去，
不要指望能剩下點什麼，不要指望記住
一大塊閃耀的時光──
這輛拆除了輪子的汽車，
正在後視鏡中受阻──沈默得塌陷。

2000.4.25

不朽的構造

我實在累，在兩行句子間
打瞌睡，閉緊雙眼
用力擠壓記憶的汁，
掠奪它闊葉林的財富；
從搗爛的夢屑中蘸取靈感，
它們是白色的，零碎又完美，
好像療效緩慢的救心丸。

可是，善於失眠的詩歌，
外部柔軟，內部
卻徹夜堅挺著
一根旁觀者的神經，
朝你童年膚淺的隧道鑽入，
一直鑽入
春季班吵惱的菜蟲的王國。

你因此擔心了嗎？
你的深層意識是否攜帶
大量無用的回憶進入下一輪迴？
抑或僅僅甩掉那些發藍、發綠的瞬間，
以淫亂的體驗保證煉獄的火焰？
你害怕了嗎？

因為缺少通往未來式的暢快地呼吸，
單向的雙軌道，惟有天堂和地獄兩個出口。

你的情緒流動了嗎？
從夜晚一直流到扁平的清晨——
多麼孤單——救活擱淺的小魚，
而絕望的大魚只好去死；
那些久富生氣的樹木多麼容易生氣，
不屑於俯身眷顧。你渾身滋著香
做誘因，引起注意了嗎？
驕傲的樹枝仍然抱住自己的手臂。

一切都不盡人意地支撐著，
綠藻做成扎眼的掛毯陷井，
代替刺鏽，小木船駛進來嵌在正中，
形成鬆散而又浮動的美景
在你的頭腦中不停地滴下。
防止它進一步墮落，並從中突圍出去，
你發明了怎樣簡易的活命哲學？

只要一想，夢中就會生出一人，

再一想，他又能懷孕，

分泌已經成年了的後代；

他們既茁壯，又充滿偏見，

好像欲望的自耕農——

跟植物的無性繁殖

使他們單一，自卑，

提早收割還未熟透的死亡。

這只大床因此寬闊，

如貧瘠的土地一覽無餘。

祖父和祖母都來自那裡——

潮濕的底層，兩個分開

安葬的洞穴，兩個獨自運作

卻手巧的河狸，我們靈魂的建築師，

我從未看見他們創造過奇跡。

2000.5.12

色情照片

最本能的遊戲：
我們把車開到懸崖就此結束。
好啦，就此結束！
你迎合男性的那部分難以預料，
是的，深不可測！

它們展露陽光無法直射的醜陋山洞，
而那些鐘乳石筍堅硬得多麼不近人情，
卻還在激增，不停地，從時間和欲望中
獲得雙重呵護。

是的，形成密集而下垂的性愛史！

於是，你火熱的扇貝身子游出殼，
在光凸凸的大峽谷求生存，不依賴
宗教的甘泉或道德的濃蔭。
這些命名過的器官很快進入標本期，
枯燥地背叛生命的韻律。

而我們只能退回，掉頭開往

呼吸暢快的坦途：無聊的正常生活，

從你失去了權柄的可笑的大嘴中

撤離探險的滋味，責怪

激動人心的高潮，和不可救藥的衰變期。

──確實，這些照片拍攝精美，

屬於藝術品，毫無疑問也容易燃燒，

因為它們輕佻、鬆脆的品性；

佈景淫蕩，燈光熾烈，

朝向地獄的那一面是光滑的，孜孜不倦的。

2000.5.13

日常斷章

1

每一次從夢中驚醒，
心臟就倒塌一次。
這場雪崩埋住恐懼，
它的一角卻伸出來，長長，
一如稀奇的獨角獸，
突破異樣的壞天氣：
粗暴而莽撞，寒氣逼人，
嶙峋的骨架上懸著
紅色的大腦玻璃。
精緻地砸碎了的瑪瑙，
想法從死者頭顱中復原。

2

你女性的身體
突兀成一串大葡萄。
絳紫的成熟被懸高，搆不著。

桌球似的排列，好像
分子和原子的結構模型，
上帝用過的玩具；
雷霆的鞭子，
將它們打亂。

眼看進入無休止的波動，
你漩渦般的外貌，
蜂湧如甜蜜，如粘嘴的愛，
在任一恐懼之處。

3

我在無用的語言裡
尋找事件真理的對等物
顯然太蠢，就像
一隻將被處死的蝨子
撚出最後輕蔑的吻：
「唪嚓」一聲——
微弱得幾乎聽不見。

4

你樂意毀壞我，
使我變小、變碎，變成無數的自我，
好去追逐那廣大的
無法被擁抱的事物。

天堂的寧靜如此香甜，
盡人享用，
它怪異口味的甘露
將我貶到一對
稚氣而孤傲的乳房，
某種對稱的永恆的原狀，
以致傷害了一大片
平庸而吵鬧的味蕾。

5

我被那行並不存在的詩
撞倒，並接受他的歉意；

被抱到他的床上，躺下，
羞愧地哭泣，因為我的預謀：

等待那陣疼痛的芳香
如期趕上，好喚醒
這次一等的嗅覺。

6

超市里，廉價的小電器
叫嚷著，就像這個春季裡的櫻花
忍不住從樹枝上擰下來，
大把大把地沖入
消費者的人群——

閃亮如硬幣，
龐大如吃人的老虎機。

7

電視裡看見的多米諾骨牌
有著多麼奇特的連鎖反應──

畫面幾乎是無聲的，而愛情似的回音
卻將我的脖子纏繞一圈又一圈；
一隻耳朵剛剛崩潰，另一隻就接上，
當然還包括眾多絕望的眼睛，
黑色疊著藍色，猶如一長串支持不住的鈴聲；
拉直的陽光橋樑之兩端
是豎起的音樂拱門，
片面的抽象，和頑固的癖好
勾結於一處扭曲了材料；
一側是心形大廳，連接著
瞬間呼吸的亭臺樓閣，
它們紅得發腥，
靜止於宿命的狂躁；
另一側，是思維的逆向樓梯，
劈啪作響，刮倒童年，
為的是尋找作為原罪的欲望；
不停閃回的廊柱，彷彿四射的光芒，

是我身體的其餘部分：

一千隻手臂和一萬根手指，

觀音的奇跡，一直拯救到指甲末梢，那裡

有無數看不見的細線

牽動著另一個人的信心。

上帝深不可測的勢力命令著一切，

而我命令我自己，倒塌

自不停傳遞著的肉體；

撤離，堅決地！

8

你什麼時候顯得高大，光亮，溫柔，

堅定地朝內心深處走去，

渾身充滿雀躍的空氣，一種

渴望流淌的透明的情懷？我看見了，

通過春天的眼簾，芳香的耳朵，這花蕾顫動的嘴，

一條小溪源自你深奧的思維。

說吧，你的童年，你無數生命所積累的痛苦

能不能在此時得到安撫？

能不能用無法察覺的力量

再重塑一個自我，要持久，要完美，
能輕易躲避輪迴這個翻譯家拙劣的手藝，
以及時間，虛無的頑石推到它山上，不致再跌落。

你怎樣製造信心，不是由於肉體的短暫清潔
而感激造物主，並因此覺得受寵若驚？
更多的自由在召喚，在另一部聖經裡，
在另一些偉大的靈魂裡，我們去呼吸，
如同去呼吸我們自己的生命，
糾纏不休的罪孽的網，這層面紗突然被撩開。

最後，你如何堅持住，這一切？
每一瞬間的磨難比毒癮蟲還厲害，
眼看它噬咬著幾乎不可能再生的快樂，
你怎樣抗拒，用你稚嫩的肩膀？
上面沒有一株植物生長，泥土稀鬆，
荒涼，沒有人來摟抱它，因為日常懈惰的冷酷。

2000.5.10-5.18

2001年-2006年

初春，在北京

1

初春，在北京，
故意去踩踏樹根上的雪；
這些泡沫塑料已變髒，已變碎，
竟聽不見刺耳的磨擦聲。

好像它們不是降自天空，
而是產自平庸的車間；
袋裝的加碘鹽，日常生活容易受潮變質，
我的手握不住一公斤的死。

人們的憐憫也少得可憐，
很難積攢一個雪人的頭或嘴。
要迅速而有效地生存，
哪怕每一秒鐘都有希望被攥緊——

然後滋出水。它的身體兩側，
街道卻抖開灰白的長袖，
和瓦紅色的建築殷情地握手，
吸它的血，好迎接黑暗的抽檢。

雪的展示廳裡，沈默所製造的混亂
浮腫至極點，遭到瞻仰；
伴隨寂靜的叫喊，
冷漠壓實了觀眾的喉管。

而我懊惱沒能趕上傾聽
他們剛被拋下時的簇簇新語，
沒能注視他們剎剎的生命
眼睫毛似地一生一滅。

也後悔沒能趕上前一個戀愛的好季節，
柔軟的冷，釋放蓬鬆的熱情——
男友將滑雪板輕輕一推，「落！落！」
倆人便徑直墮入快活的深淵。

我們也曾玩過雪崩的遊戲，
掩埋之後忽地驚起，爭吵以前先已背叛。
噢，那都是為了引起對方更多的注意——
「都是為了愛，為了愛」。

如今我仍然寂寞地獨行，

竟毫不在乎那些傷心的往事歷歷在目。

只是詫異如此破舊的房屋照樣不羞不澀地站立，

把生活的真相大度地披露。

什麼時候我也能學得幽默──

既然披露過，一閃身就聰明地隱沒？

這也是人們要求記憶做的事情：

什麼也不留下痕跡，包括無法實現的完美。

車窗外，馬路將人行橋拋遠，拋得比行人更遠；

雪的蹤跡嘎然而止，抓住了鳥尾。

這時，乞丐跪爬過來，做出無謂而誇張的姿勢──

「喏，拿去吧！」假如要的話，請拿走我的過去。

2

白天受電視劇的折磨，夜裡

睡在軍隊招待所，在鐵柵內的空地迷路；

白枕巾、白被褥裹住帶刺刀的哨兵，

那是冰霜和時光的心理作用。

月色浮動，

樹枝浮出了皮膚。

驚愕的睡意將我們舔撫，

在依戀中抹上甜蜜的果凍；

你熱氣鮮活，給我帶來

剛剛剝製好的夢；貓頭鷹

做成激情的標本，它固定在半空的翅膀

將我徹夜守護。

你的睡眠中一台複讀機播放著

呼嚕的藍調，傷感之樂，平緩的小色情；

月亮，月亮，請增厚我扁扁的胸脯，

逃離心智中那個幼稚的女童！

3

早晨，當你把暖意帶出被窩後，

我便滑入另一個助跑器，向幻相狂奔，

向無數不在現場的妄想──反復練習
將夜間釋放的溫情成功地回收。

窗外一片灰白。
這是我多年來頭一次遇上的降雪，
意料之中卻也稱幸加額。
微弱的雪量並不妨礙觀看或咀嚼，
回味許久，那是微涼而驚心的感覺──
將人生不變的景致
凝固在幾塊無法搬動的記憶中。

是奢侈的欲望仿造了這台佈景，
既要藏起這塊美麗的松糕，
又要藏起你饑餓的體溫，
儘管最後兩者不可能同存。

結果是，雪不到中午
就消失不見了（並非溶化了）。
這場短促的戀愛造成乾爽的錯覺。
那是一次欣喜的彩排，想不到
總有一個泥濘的導演跟在身後。

於是，我頭腦中長久地飄起了雪花，
原來已到了關機的時候。

2001.4.11-4.28

酷

酷，多麼酷！
漆黑的牆壁劃出新世紀的暗室，
顯影紅衛兵的旗幟，徽章似的臉。
波普櫥窗中展覽整過容的歲月。

釘馬蹄掌的美女牽進來，
摸黑投進口袋裡的交易。
嚼子純銀，鼻釘一閃一閃，
好牙口，自然能賣個好價錢！

想當年，他喜歡遊行，寫詩，
如今他在自己的光頭上塗鴉，
號稱藝術家，騎著皮椅子自慰，
逼供一般，聚光燈拷得直塌陷。

藝術，越發好玩得像遊戲。
酒精，越發自由得像鎖鏈。
做舊的裝飾板給我們上老虎凳，
拷問不忠的趣味和格調。

洋人這個劊子手，舉著美元來砍頭。

救命呢，就是要嚴厲得像行刑。

褲，多麼褲！掉進酒杯跳搖擺舞。

綺，多麼綺！鄉巴佬，你感覺是熱還是冷？

2001.6.14

如此寧靜地俯瞰樹木……

如此寧靜地俯瞰樹木，
女貞子嫩黃的花蕊灑滿道路。
她們狂熱地追逐，把天空
也變成一塊芳香的瀑布。

傾聽此時，鳥雀的聲音
比鳥雀更容易遭到誘捕。
你的耳朵不停地織網，
沒有什麼會被遺漏。

也沒有什麼能夠逃脫——

樹木呆立了這麼多年，
禪味越來越濃。影子卻
照舊清苦，倒懸著，
執拗地添加著舌苔的厚度。

只有小白蝶紙屑一樣跳著舞。
這些春天時候縫製的碎花邊
正從草地的綠裙子上拆下，
一路拆到視野的盡頭。

大雨過後，眼前一片潔淨。

天空的雙眼皮夾緊你的隱形眼鏡。

時間凝滯了。一切都是

無法挽救的稍縱即逝的歡樂！

2001.6.23

到影視公司當雇員

好日子，很歡快，
一路攝下急切拉遠的光明前程。

雲迅速地傳遞它健忘的拷貝，
從乏味的一頭猛地撲向另一頭。

光線被砍了幾次，未受重傷，
金錢、銀幣將它重新癒合。

地鐵拉出一長條膠片，載我駛入
正軌，職業的隧道逾行逾深。

開機，長鏡頭，跟拍你的靈魂。
如此反復，直到被死亡定格。

2001.7.6

先葉花開……

先葉花開，孩子忙著辨認。
翻開大百科，找出櫻花般的祖母。
春天，她的乳牙掉落一地，
她的絮語壓彎了樹枝。

在對號入座的露天影院，
她燒不燼的骨灰找到了座位。
未來的日子分發連張票，
這部悲傷的大片平靜地駛向終點。

我們坐四等艙去看她（回來時只擠到通鋪）。
光環似的圓窗下擺著錫箔和祭掃的食物。
父親忐忑不安，羞於暴露空牙床。
同樣的年紀，我也將豎一排絕倫的白墓碑。

先葉開花，午後與幽靈分手。
鳥兒不停地勸酒，燃著了羽毛。
祖母拖著細碎的腳步取回零用錢，
從此不再叨嘮我們的夢。

2001.4.20

傷

春

天空灰白，在兩場雪之間
療養，餵烏鴉。
一群打字機不停地啄著。

在南方，櫻花提前呻吟起來，
脫下未成年的葉子，
刮過不幸者的額頭。

那操勞的和宿命的，
在閃著寒意的床單上悄悄躺下；

窗外的鳥群叫得正歡，
而我的心情卻不叫。
哦，只是彎起了腳——
縮小。

2001.5.10

這不是夢……

輕輕的身影粘上足尖，
我邊走邊踢，揣摸它的重。
人一輩子會生出多少雜念？
又會抖落多少灰塵？

我繼續前行，許多人不見了。
他們像北方的雪霧在陽光下汽化。
而我呼吸他們的胳膊和嘴，
他們軟弱的思想……

樓房的簷線被天空的地圖拆斷了，
銀灰色的寂靜瓦解、掉下。
我恐懼變成他們，
曾被死亡的牙齒咬住。

空氣中彌漫著薰衣草的怪味——
這不是夢，可我穿著睡衣獨行。
街樹叢中藏著窺視的漿果，死藤，
還有這些開過花的欲望。

2001.8.31

秋天的雕塑

——為瑪格麗特的面具而作

果實的性器一張張裂開，
無數的秘密和重複。
玉米，牙齒，分幣……
不朽的秩序中，
堅固的欲望在流動。

你雪白的臉孔已上演，
在謊言和記憶的狹長地帶，
鮮紅的嘴唇正落幕。
摹仿你的摹仿，場景累同。
借上帝之手，結局早已畫出。

2003.7.25

夜晚慢跑

雨後，草尖刷輕輕刷著跑鞋，
像別人的腳在身後追趕。
空氣散發著清香，這只箱子
被打翻，大開著，傾覆于路旁。

葉子都塗過一層面膜，
此時，每張臉可以完整地撕下。
再一次觸摸大地新鮮的肌膚，
遲來的欲望在黑暗中瘋長。

跑上積木似的彩色石橋，
止步，佇立如燈塔。
載泥船從身下隆隆地駛過，
一船的記憶被扯皺。

尋找呼吸一樣迅逝的內心，
水母似的塑膠袋漂在河面上。

2005.6.20

假想的大海

假想的大海，舉著
假想的誕生於波浪的小手，
揉搓地平線。指縫間
遺漏豐滿的穀物，
生命如同泡沫一樣虛無。

雪撬迅速後退，犁出
一道道瘋癲的海岸線。
噩夢中，白雪被撞得粉碎。
留下霜淇淋似的泥漿，
童年遺忘的傷痕再一次顯露。

沙灘上，遊人形同走屍，
生殖器從假想的貝殼中伸出。
嚮往寄居蟹的婚姻，
一晚上就繁殖了一沙灘，
四處爬動，拚命奔向變細了的潮水。

白天沙堡粗陋，沙堆圓滾滾。
波浪開始扭動中年人的粗腰，
拍肚皮，曬黑鹹肉味的裸身。

很快，夕陽一輪輪地瘦下去，老年人
刷新著記憶和幸福的標杆。

假想的大海，藍得有些失真，
難以靠近，也不敢真正地去觸碰。
假想的大海，最終因多次想像而變色，
變老，變得無能。最後只能從吸管裡啜飲，
然後吐出舌苔下假牙似的珍珠。

2005.7.6

聚
會

你鋪好新面孔出門，
天空床罩抖落細雨和微風。
壞天氣比人生的泡沫豐富，
一段段地擰乾，悔恨。

朋友如假髮，
定勢地聚成小波紋。
他們燙得伏貼，嚴格，
彼此恭維，往上砌著雲。

酒霧中交換升仙的經驗，
老光棍駕駛著失衡的前程。
也會感歎顏色染得不夠黃，
越老越黑，硬裝嫩——

是呵，朋友如假髮，
如今真是剪一寸，短一寸！
去年就剪壞、扔掉過一個。
不要悲傷，權當練手藝！

2006.2.6

風信子

六瓣花瓣的花蕊，簇擁著莖杆，
密集地等待，蜂蝶穿透玻璃飛進來。
就像無用的試管刷不可能授精，
婚姻實驗中，你不再有後代。

嚴峻的葉子雖然堅挺，向內蜷曲，
六瓣，偽裝成另一種花瓣，而你
不再有後代，這個事實細想過後
便覺恐懼。花蕊開始下垂。

萎縮到常態。你又開始工作，學習，
戀愛，直到棕色的根球冒出新芽，
用彎彎的小綠手勾引有情人，
向她們的土壤發射粉末狀的愛。

2006.2.22

日
記

今天，陰有時有雨，
烏雲萎縮，花香寒冷。

心情摸上去濕濕的，似乎還有點黏手。
夜伸展開來，皺起閃亮的小波紋。

雨點打在遮陽篷上的聲音，
如同爐子上的鍋子在慢慢地燉。

兩個人的日子也得慢慢地燉，
枯坐時，陰影會逐漸變濃變稠。

靜寂中，發低燒的滑鼠瘋癲地
剪切，神經鍵盤噬咬著饑餓。

文章已寫爛，仍然無法充饑，
目光沿著漢字的邊線來回縫紉。

好，又浪費了一大塊流動的時間面料，
那是由不同質地的欲念拼接而成。

2006.2.17

下雨天

下雨天易犯憂鬱症。
躺在床上做白日夢，
同自己打架，又跳又蹦。
幾年來這相同的場景
不斷上演著自由。

紅綠燈輪番訕笑，
路面狡滑，但扯得出皺紋。
這塊漆布收集到內斂的灰塵。
靜止的煩惱，很快被風
揚起，降落，像一場雪崩。

一切都在退步，反復。
夜，從身上重重地碾過。
喧囂之處留下疼痛的幻覺。
軌道上一列地鐵快速行駛，
拉出長條的膠捲，憂傷無法停格。

雨還在下，還在藍白條的遮陽篷上
畫點彩畫，落筆聲似有節奏。
勞作毫無意義，打坐也無用。

此刻，天空平靜地掃射著，
光線被抽象地揮霍。

2006.5.26

停滯

立秋了，天氣仍像濕熱的鞋墊
卷著邊。記憶蒸發著餿味。
我攤開胸悶的荷葉床，另一張
雲沙發正懸於半空，為你而備。

你不快的來訪推遲了二十年，
我已閱人無數，閱蟲千萬，
所有的咬疤也都已消退。
如今，蚊子在耳邊吹塤，
曲調優美。煩惱枝上的
花朵難以枯萎，也難以結籽。

氣象預報員預雨的錯誤，
往往被風和日麗寬恕。
收音機的喇叭中，
你卻一遍遍地扇自己的臉。

我停滯在某一疼痛的瞬間，
觸覺的幻相即將熄滅。
不再焦慮，也不再期於平靜。
站在臨街的窗口，如同站在

寂寞的崗亭，監視著道路。

每當車輛駛過，身體便微微地震顫。

2006.8.12

貓頭鷹

在吵鬧的空白深處，它默默地
凝視你，目光專注。

就像驚恐中不斷擴大的樹輪，
中年赫然而至，如此兇猛。

它的內部，風暴卻靜止成一片塵埃，
看得清淡藍色的血液的紋路。

褐色的羽毛顯得如此謙恭，莊嚴無物。
黑暗的筆觸細密得就像另一場噩夢。

萬籟歸靜，灰塵落下的聲音沉重，
鈍痛，連最微弱的呼吸也驚心動魄。

縮小了的方框更接近準心，更接近
真理，鄰家小弟憑窗窺視你的騷動。

林中，往日的戀情再也無跡可尋，
發出甜膩氣息的總是那易腐之物。

你回家時仍舊一人，複印自己的腳步。
它尖利的喙引你走向內心的湖。

湖面突然迸裂了，銀質的時光溢出。
看，打印紙上有什麼東西正在流動？

2006.9.14

不變的風景

月亮跌破倒懸的鏡面，
響聲清洌。嫦娥潛入
虛無之水，向時間的網絡
匿名貼上瑣碎──
桂花樹渴望修剪沈默。

此時，說話的是黎明，
清涼的語氣濡濕田野，
山巒驟然放鬆，毛孔變粗。
而蘆葦的頭髮花白，
健忘，動作遲緩。遠處，
麥子的齒輪卷起金黃一片。

收割青春收割愛，
不過是莫須有的幻覺。
重新站直，一大片倒伏的靈魂，
秋風拆卸它們的機械心，
傷感的永動肺。鐵軌一條條
解開，清洗腸子裡的積垢。

雨後的夜晚獨自出門。

街道變得潔靜，手感爽快，

光的泡沫以愉悅之勢湧來。

腐物發出誘人的甜膩的氣味。

其實，任何時代都是如此黑暗，

難道他真的度過了美好的一生？

2006.9.16　閏月的月全食，讀維特根斯坦全集有感。

2010年-2013年

晚霞

這個忽寒忽暖的冬天很難取悅：
天空與河水凍成了一片，看不出意圖。
而碎波微漲，水草傍斜，灌木
若無其事地揚一揚黃髮，算是打招呼。

我推車上橋才注意這疲弱的晚霞──
一層緋紅一層白，之間夾著舊傷
似由青轉黃，內有紫羅蘭色的花團
簇擁著深深的憂慮。

真是憂慮呵！
而濃雲沒有飛馳，霞光也不刺目，
鬧忙的交通恰似紅娘
將現實與虛空一起扯進庸俗。

大段時光已被割掉新世紀的頭十年，
碎屑也掉進這靜止的流動，無法掌控。
鳥雀打著冷顫發表歷史學的見解，
此起彼落，無意義劃分了時空。

暮色驟然降低至橋洞。

他已習慣每年回國相親，溫習見光死，

來個道德和常識的十全大補。

終於練就一身草上飛，不粘地，

對於圍城，能夠既不進也不出。

而我就要自橋頂一踩而下，

什麼都會發生，得注意力集中——

哪管冷風疊起的腹語，一句句吞下獨白，

晚霞不停地朝流水暗送秋波。

2010.1.30

陰雨

朝霞捲起她的玫瑰、
緋聞和流言。
深藍吐出他的有害。

一大筒夜打滾，翻雲覆雨，
辯解，不抗壓地自戀。
誰也看不見。

從久視的小嫩臉移開，
每人都長一坨大腦袋，
一頭霧。

灰白撐破委曲的天空。
灰白往下落，
細瑣地打折扣。

我淋到一身便宜的生活。

精品女友卻爬到樓頂，
縱身撲向她的駭人聽聞。

悲痛貨真價實。大血拼。

我淋到它的黑，

它的陰謀。

2010.1.31　女友管玲生日（1967-2008），作為紀念

公園即景

樹木荒疏,草坪漸顯清廓。
濕霧增加河水的深度,
水葫蘆訕訕地擺弄。

卵石跳進蛋格,小孩總要沿健身路
摸進焚香的廁所,照妖怪。
它另一頭通往迂折的幽默。

補建的涼亭終於擠進了小格局,
實際卻無用。剛變成的老年人
想著法兒健身,娛樂生活豐富。

風箏也有生命,須每天牽出來遛一遛,
像小孩和狗,但少了傳幫帶,相切磋,
只將一張猴臉放到半空,就潦草地拴上樹。

空竹的玩法也日趨高蹈、冷僻,
另類于呼拉圈,從雙脫手,一直
要到了脖頸、腰和臀部。

幾近中午，長椅上露珠仍有序地密佈。
不會變色的綠草坪其實是陷井，
連成年人都不放過。
木質橋鬆垮地原地橫臥，又怎知它不會膨脹，
每天移位一毫米？就像老男孩的腰圍和髮際。
憑欄眺風景：空窗期落滿剩女。

呵，光榮的敗犬女王！政治正確，方向錯誤。
「孤」字打頭的四類分子，沾沾自喜於不摘帽。
以愁掃眉，在混濁的水面演播情感秀。

2010.2.2

午
後

冬日，安閒的午後不捨得度過。

陽光繞過童床打鼾的圍欄，
潛意識裡暖風頻送。
花瓣透出真知灼見，
葉子含情脈脈。

安閒的午後不容錯過。

我抱著婚姻的鴨絨被
躺你個滿懷，迭迭後悔枕在腦後。
遞降句式的吳語裡，
你穿著節約領，頭勢清楚。

多少個午後已被蹉跎？

內疚轉你的懶腰，喋喋不休。
我的哈欠打出幾個嫌惡。
胳膊繞向後背，可驗測青春，
唉，長度始終不夠。

「算了，不然又能怎樣？」

不滿意載著不可理喻，但很快都被夜色
運回。小人之交忙得受阻。
還是得過且過──
車箱裡擠滿妄念上班族。

2010.2.6

暴

雨

半夜突降暴雨，立體的驚心。

大手筆刷出巨幅廣告「免費沖洗！」

洗債臺高築的房子；

洗危險的汽車；

洗凝結的焦慮、汙玻璃和鼠跡；

洗漏水的隱患；

洗命運之牌。

漸漸地，雨聲滲透輾轉的夢。

你袖手側立，煙視於我，

潮濕的慌恐如言語之惑來襲。

此時，驚懼也在洗耳朵。

老女友歲末盤點友誼，

開情感補習班。

挾受挫的戀愛簡史給我們下飯，

吃出幾個祥林嫂，幾堆白骨精。

歎苦經，較甜汁，不認命。

四散之後，卻很快被黑暗一口吞沒。

不知什麼時候雨停了，

開始下寂靜。下冷。

下盲棋。下黑暗的結論。

下決心。

下大片的無奈。

2010.2.11

過年

過年就是過幾個困難，幾個驚心。
鏟雪，爆舊聞，炒習俗。

洋蔥一觸即發為水仙，跳佛手舞。
杯具中含羞草開出自閉症。

日曆上的老虎吞吃它的斑紋，倒持它的陰冷。
我鑽進了小白兔。

與閨蜜翻臉，吐出青澀的筆友。
反侮。失眠。通宵排隊領施粥。

人生無非苦度，大部分獨處無聊中。
每隔十至十二年，文曲星才有一次光顧。

僥倖剪破大膽，一樣的結果。
還不如文火蒸從容。

你仍舊咿咿呀呀地指點，識別著鳥臉。
無辜地跑來，親我聚過焦的傷心之喙。

2010.2.16

海鷗

只一夜，你就咳出這群尖噪的鳥，
起伏的小胸脯將海水一浪浪推高。
快接近忍耐的警戒線，
烏雲吐出幾朵成長的煩惱。

氣管裡濤聲緊急，使去年同一季節過敏。
你押著韻給我掛鹽水電話：媽媽，快快回家！
你已聰明得不用哭也能敲詐感情——
迷戀醫院的法器，戴上噴霧罩去坐航天飛機。

這群海鷗也是你的玩具，往陰霾上塗鴉倒人形。
它們的白肚皮無恥地一鼓一鼓，漸露惡意。
網路轉發的病因以滑翔之勢操練空襲。

從此不敢離開半步，隨身攜帶零星報應。也不敢
高調拍照。禁足于海鷗牌老相機的取景框，
濾掉大片美景，倒立著傻笑。

2011.10.6

秋季的倒黃梅

你見過秋雨也能下出幾場悶熱？
反常意味著奇跡，期待吧，誰都沒有活夠。

前半夜持續做夢，衝突現場靜了音。
草綠得很有層次，寬幅掃描花壇的梯度。
墮落已成定局，瘋跑的小孩點綴插花藝術。

後半夜大都失眠，或已睡足？
充老年人的電量，省著點用。

循環中，很難分辨上升還是下降——
身如空心被，疲軟，懸疑。
記憶中春夜的濃雲，快快滴下！

2011.11.20

DIY

終於出現恬靜時刻：
郊區生活自製清風。
雲霧混合，夢塊溶解加速。
晨曦有些淡，加些脆脆的鳥鳴聲。

靜止生髮五味感觸，
最後都變成了虛無。
糊塗記憶攪得更糊，
也漸漸與己無關。

凝神如攤餅，
思維壁上薄薄的一層。
形狀不完美的，
自己率先吃掉。

2012.5.23

2010年—2013年／281

鋼琴課

冷天陪女兒去上鋼琴課。琴鍵也縮了手腳。
那部電影仍潮濕,成了現實的泥濘。
抄記憶的小徑,沿河路段在整修,
到處散落琶音。崎嶇音階考驗著我的耐心。

用排除法確認天賦,倖存者的基因哪種更好?
就算最終放棄,也不失為響亮的決定。
雖降低了啞巴女和土著男的調琴水平,
卻也避免了她改嫁的斷指風險。

海水裡的鋼琴太奢侈,沉沒成本承受不起。
女兒轉而向空氣學習畫字。
免費的風催生柳條撇腳春遊,
從小學習走神,飄出櫻花團,獨自磨蹭。

時間用全音符號表示,
某一刻拉長至四小節的圓弧。
真犯愁!有長頸鹿一樣溫柔大眼睛的
男老師抓著一把不肯動彈的手指頭。

2013.4.2

白雲

每天洗臉似地打開QQ，
巨大的雲團朝我俯衝。
內心的馬群竟相掙扎，無聲地嘶鳴。
那不變的頭像害上了強迫症。

眼下瑣事繁雜，像一串串浪花，
壓低身段，密集地漫向海灘。
如同白雲，所有事物呈彌漫狀，
猥瑣地快速湧動。

我低頭凝神，看見
到處是衰敗的泡沫，
我試圖追蹤每一朵的開放，
但它們很快都熄滅於沙坑。

2013.10.30

颱風過後

颱風過後，雨水滲進牆壁。
外面的世界是如何滲進軀體？
一幅現實的抽象畫，黴菌正畫得起勁——
交流必耗費能量，不夠孤獨的大師會降級。

下水道堵塞了許久，
懷孕的女鄰居卻視它為吉兆。
她小心翼翼地轉身，躡步走，
以免一滴嚇人的血流出下水道。

外面的世界滲進了子宮。
無聲地隆起，好像交響樂響徹音樂廳。
旁門無出路，突然變成了心滿意足。
傍晚時分，她溜到街上悄悄地散步。

暮色異常美，清晰得如同一場夢。
道路越走越直，樹木間的距離也適中。
她暫時忘了建築的不結實，家的脆弱，
幸福感的升起有時毫無緣由。

回家時，她被一截斷樹枝絆了一下，
幸好沒有摔倒，導致流產。
她突然感到緊張，心跳加速。
她意識到自己的一部分終將離她而去。
這脆弱的一部分將被置於體外，
置於這瘋狂的世界中完全不受保護。

2013.10.29

北上

深夜，慢車以最快速度飛馳，
十年一次重複腳踩風火輪。
被侵略成性的女童擠下床鋪後，
氣悶，暈，第三條腿懸空。

呼嘯聲撲向固化玻璃，哈成親嘴圖，
刺耳的山巒消解成鍾隊形。
外面的世界到底有多糟？
所有印象其實都出自虛擬。

終於迎來獨處好時機，
卻逢農民旅行團甩牌鬥地主，
歡笑聲如打鼾，顛倒著別樣的人生。
任何地方都找不到清靜。

再怎麼反思也無用，
忽略才是硬道理。還有就是，前進——
站臺的燈火散落於陳舊的黑絲絨，
破曉時分，房屋拉出一道道睿智的明喻。

2013.5.24
2013.10.29改

跋

丁麗英

……當然，詩歌更快、更隱蔽。

誰都看不出你寫了誰，寫了什麼。你的真實想法藏在比喻和象徵裡很安全。

那時，對於這個過於木訥、反應遲鈍的四歲女孩來說，詩歌，不過是些押韻的聲音，一些可以用方言反復叨嘮的句子。

「……造造反反的螞蟻，嗡了一簇堆。看，螞蟻在造反……」

這也許是她最早的詩句。然後，她重又固執地不肯說話了。代替它的，是不停地觀看。

花大量時間，觀看那三面可以搖開搖攏的梳粧檯鏡子。裡面有無數個可以變形的面孔。觀看掉落的乳牙。觀看新長出牙齒的顏色。觀看單眼皮怎樣變成雙眼皮……

有條陰溝嵌在曬臺的中央，並流經建在曬臺上的亭子間。新搬來「藍（爛）麻皮」一家。他女兒稍大些，卻一樣面黃肌瘦。女孩喜歡找她玩。她喜歡她的牙齒，每一粒都蛀掉一點，黑黑的，像似故意刻上去的。

她喜歡對稱的事物。她喜歡兩腳跨過陰溝，像巨人一樣甸著肚子走來走去。她喜歡收聽廣播和天氣預報……

「剛才最後一響，是北京時間八點整……」她一直不明

白，為什麼是「最後一響」，其他幾響難道都不算？

　　讀中學的大姐是個朗誦愛好者。訂的《詩刊》雜誌佔據了五斗櫥珍貴的櫥窗。但她的普通話很糟糕，語調也偏高，蠻適合唱滬劇的。

　　郭小川是最早記住的名字。她喜歡郭，楊，卻不喜歡張，陳，劉等，也不喜歡姓馮的人，感覺那多半是壞人。另外，她也一直認為那首詩裡，母親的名字確實叫「大堰河」……

　　七十年代，在她還沒識字前，便提早學會了韻律。

　　八十年代初，醫學院剛畢業的二姐給她帶來的是《舒婷顧城詩選》，《鍾形罩》，《二十二條軍規》。

　　十六歲，她收到《普希金詩選》（上下）的生日禮物。接著她便開始摹仿著寫詩了。

　　一切是那麼的激動人心……她從此進入潛流似的虛幻生活。

2015年2月25日於上海松江

語言文學類　PG1360　中國當代詩典　第二輯10

聚會
——丁麗英詩選

作　　者／丁麗英
主　　編／楊小濱
責任編輯／李書豪
圖文排版／連婕妘
封面設計／蔡瑋筠

發 行 人／宋政坤
法律顧問／毛國樑　律師
出版發行／秀威資訊科技股份有限公司
　　　　　114台北市內湖區瑞光路76巷65號1樓
　　　　　電話：+886-2-2796-3638　傳真：+886-2-2796-1377
　　　　　http://www.showwe.com.tw
劃撥帳號／19563868　戶名：秀威資訊科技股份有限公司
　　　　　讀者服務信箱：service@showwe.com.tw
展售門市／國家書店（松江門市）
　　　　　104台北市中山區松江路209號1樓
　　　　　電話：+886-2-2518-0207　傳真：+886-2-2518-0778
網路訂購／秀威網路書店：http://www.bodbooks.com.tw
　　　　　國家網路書店：http://www.govbooks.com.tw

2015年10月　BOD一版
定價：340元
版權所有　翻印必究
本書如有缺頁、破損或裝訂錯誤，請寄回更換

Copyright©2015 by Showwe Information Co., Ltd.
Printed in Taiwan
All Rights Reserved

國家圖書館出版品預行編目

聚會：丁麗英詩選 / 丁麗英著. -- 一版. -- 臺北市：
秀威資訊科技, 2015.10
　　　面；　公分. -- (語言文學類 ; PG1360)(中國當
代詩典. 第二輯 ; 10)
　　BOD版
　　ISBN 978-986-326-341-8(平裝)

851.487　　　　　　　　　　　　104010952

讀 者 回 函 卡

感謝您購買本書，為提升服務品質，請填妥以下資料，將讀者回函卡直接寄回或傳真本公司，收到您的寶貴意見後，我們會收藏記錄及檢討，謝謝！
如您需要了解本公司最新出版書目、購書優惠或企劃活動，歡迎您上網查詢或下載相關資料：http:// www.showwe.com.tw

您購買的書名：＿＿＿＿＿＿＿＿＿＿＿＿＿＿＿＿＿＿＿＿＿＿

出生日期：＿＿＿＿＿年＿＿＿＿＿月＿＿＿＿＿日

學歷：□高中 (含) 以下　　□大專　　□研究所 (含) 以上

職業：□製造業　□金融業　□資訊業　□軍警　□傳播業　□自由業
　　　□服務業　□公務員　□教職　□學生　□家管　□其它＿＿＿

購書地點：□網路書店　□實體書店　□書展　□郵購　□贈閱　□其他

您從何得知本書的消息？

　　□網路書店　□實體書店　□網路搜尋　□電子報　□書訊　□雜誌

　　□傳播媒體　□親友推薦　□網站推薦　□部落格　□其他＿＿＿＿＿

您對本書的評價：(請填代號　1.非常滿意　2.滿意　3.尚可　4.再改進)

　　封面設計＿＿　版面編排＿＿　內容＿＿　文／譯筆＿＿　價格＿＿

讀完書後您覺得：

□很有收穫　□有收穫　□收穫不多　□沒收穫

對我們的建議：＿＿＿＿＿＿＿＿＿＿＿＿＿＿＿＿＿＿＿＿＿＿

＿＿＿＿＿＿＿＿＿＿＿＿＿＿＿＿＿＿＿＿＿＿＿＿＿＿＿＿＿＿＿＿

＿＿＿＿＿＿＿＿＿＿＿＿＿＿＿＿＿＿＿＿＿＿＿＿＿＿＿＿＿＿＿＿

＿＿＿＿＿＿＿＿＿＿＿＿＿＿＿＿＿＿＿＿＿＿＿＿＿＿＿＿＿＿＿＿

請貼
郵票

11466
台北市內湖區瑞光路 76 巷 65 號 1 樓

秀威資訊科技股份有限公司　　　收

BOD 數位出版事業部

....

（請沿線對折寄回，謝謝！）

姓　　名：＿＿＿＿＿＿＿＿　年齡：＿＿＿＿　性別：□女　□男

郵遞區號：□□□□□

地　　址：＿＿＿＿＿＿＿＿＿＿＿＿＿＿＿＿＿＿＿＿＿＿＿

聯絡電話：(日)＿＿＿＿＿＿＿＿＿　(夜)＿＿＿＿＿＿＿＿＿

E-mail：＿＿＿＿＿＿＿＿＿＿＿＿＿＿＿＿＿＿＿＿＿＿＿